Über die Autorin:

Monika Felten (Jahrgang 1965) lebt mit ihrem Mann und ihren zwei Söhnen in einer norddeutschen Kleinstadt. Seit ihrer Kindheit hat sie mit Begeisterung Fantasy-Romane verschlungen und schließlich selbst zur Feder gegriffen.
»Geheimnisvolle Reiterin« ist Monika Feltens erste Jugendbuchreihe bei Ensslin. Neben Fantasy-Romanen veröffentlicht sie Kurzgeschichten und regelmäßige Kolumnen in der Zeitschrift »Spielen und lernen«.
Aktuelle Informationen über die Autorin gibt es im Internet unter www.monikafelten.de

In der Reihe »Geheimnisvolle Reiterin« ist bereits erschienen:
»Die Suche nach Shadow«. Weitere Bände sind in Vorbereitung.

Monika Felten

Geheimnisvolle Reiterin

Shadow in Gefahr

ENSSLIN

Für Lena und Tim,
denen die magischen Tore
noch offen stehen

2. Auflage 2005

© 2003 Ensslin im Arena Verlag GmbH, Würzburg
Alle Rechte vorbehalten
Vignetten: Dorothee Scholz
Covergestaltung: INIT, unter Verwendung von
Fotos von © gettyimages, München
Gesamtherstellung: westermann druck GmbH, Braunschweig
Printed in Germany
ISBN 3-401-45108-1

www.arena-verlag.de

Auf den Hund gekommen

»Polizeihund überführt Dealerbande! – Hey, euer neuer Hund ist ja richtig berühmt.« Sichtlich beeindruckt blätterte Julia in der Mappe mit Zeitungsausschnitten, die Svea gerade aus dem Wohnzimmer heraufgeholt hatte.

»Unser neuer, alter Hund«, berichtigte Svea und schlüpfte wieder unter ihre Bettdecke. »Genau genommen ist Filko jetzt in Rente.«

»In Rente?« Julia lachte. »So wie der vorhin gebellt hat, als ich am Tor stand, wirkte er aber kein bisschen gebrechlich.«

»Er kennt dich eben noch nicht«, entschuldigte sich Svea. »Wenn er dich öfter hier gesehen hat, macht er das sicher nicht mehr.«

»Na, jedenfalls wird bei euch so schnell keiner einbrechen«, stellte Julia fest und tippte auf die Mappe mit den Zeitungsartikeln. »Bei dem Wachhund!«

»Das hat meine Mutter auch gesagt. Ich denke, das war wohl der Grund, warum sie Vati erlaubt hat, Filko mit nach Hause zu bringen. Er hat schon so lange davon geredet, dass ein Kollege vom Zwissauer Hafenrevier versetzt wird und seinen Hund nicht mitnehmen kann, weil er in dem neuen Wohnort nur eine kleine Wohnung hat. Aber Mutti war immer dagegen.«

»Da kann Filko wirklich von Glück sagen, dass dein Vater sie noch umstimmen konnte.«

»Nicht nur Filko, ich auch.« Svea strahlte bis über beide Ohren. »Wo ich mir doch so sehr einen Hund gewünscht habe. Meine Mutter meinte immer, ich hätte genug mit den Pferden um die Ohren und das seien schließlich auch Haustiere.«

»Das ist doch nicht zu vergleichen«, entrüstete sich Julia. Sie konnte Sveas Gefühle gut verstehen, weil ihre Mutter an einer Tierhaarallergie litt und sie keine Haustiere halten durfte.

Ein Glück, dass sie Spikey hatte. Seit mehr als einem halben Jahr kümmerte sie sich nun schon um das gescheckte Pony, weil Susanna, Spikeys Besitzerin, als Austauschschülerin in den USA war. Voraussichtlich würde sie in vier Monaten zurückkehren. Die ungeklärte Frage, wie es dann mit Spikey und ihr weitergehen würde, beschäftige Julia schon eine ganze Weile, doch heute Abend wollte sie sich darüber keine Gedanken machen.

Während sie die Mappe mit den Zeitungsausschnitten beiseite legte, hörte sie Filko draußen bellen. Der große Schäferhundrüde hatte in einer Hundehütte vor Sveas Elternhaus Quartier bezogen, von wo aus er jeden sehen konnte, der sich dem Haus näherte.

»Gut, dass der Zaun so hoch ist«, meinte sie schmunzelnd. »Sonst könnte es passieren, dass ihr hier irgendwann einmal sehr einsam lebt, weil sich niemand mehr traut, euch zu besuchen.«

»Verschlafen können meine Eltern jedenfalls nicht mehr.« Svea lachte. »Filko nimmt seinen neuen Job als Wachhund sehr ernst. Um fünf Uhr morgens kommt immer der Zeitungsjunge. Dann müsstest du ihn mal erleben.«

»Ich werde es ja morgen früh hören.« Wohlig kuschelte sich Julia unter die dicke Federdecke, die Sveas Mutter für die Übernachtungsgäste ihrer Tochter bereit hielt. Sie hatte schon häufig bei Svea übernachtet, aber dies war das erste Mal, seit Sveas Vater, der von Beruf Polizist war, den pensionierten Polizeihund mitgebracht hatte.

»Ja, das wirst du bestimmt.« Svea tastete nach dem Lichtschalter neben ihrem Bett. »Wenn der Briefkasten im Dunkeln klappert, ist Filko total aus dem

Häuschen. Wir hatten deswegen sogar schon Ärger mit den Nachbarn, aber Vati hat ihnen erklärt, dass der Hund sich bald an das Geräusch gewöhnen wird und dann nicht mehr anschlägt.«

»Und, haben sie ihm geglaubt?«

»Keine Ahnung. Zumindest haben sie sich seitdem nicht wieder beschwert.« Svea gähnte und löschte das Licht.

Zusammen mit den anderen Reiterhofmädchen hatten Julia und sie bis in den späten Abend auf dem Reiterhof Danauer Mühle gearbeitet, um alles für den Reitertag herauszuputzen, der dort am kommenden Wochenende stattfinden sollte.

Inzwischen war es fast zwölf Uhr und allerhöchste Zeit zu schlafen.

»Gute Nacht, Julia«, murmelte sie und drehte sich um.

Auch Julia gähnte und schloss die Augen. »Gute Nacht, Svea. Bis morgen.«

Angst um Shadow

»Wach auf, Mailin!« Jemand berührte das Elfenmädchen sanft an der Schulter. Mailin knurrte unwillig und rieb sich verschlafen die Augen, doch plötzlich war sie hellwach. »Was ist mit ... Wie geht es ihm?«, fragte sie und blickte sich besorgt um, während sie sich auf ihrem notdürftigen Strohlager aufrichtete.

»Pst, er schläft!« Fion, Mailins bester Freund unter den königlichen Pferdehütern, deutete in Richtung der Nachbarbox. Dann hockte er sich zu Mailin ins Stroh und reichte ihr eine Scheibe duftendes Brot. »Ich weiß, dass Shadow schwach ist und nicht fressen will. Aber deshalb musst du doch nicht gleich mitverhungern«, meinte er.

»Shadow verhungert nicht!«, fuhr Mailin ihn an. »In ein paar Tagen ist er wieder auf den Beinen, du wirst schon sehen.«

Die heftige Reaktion des Mädchens kam unerwartet und Fion sah betreten zu Boden. »Tut mir Leid, Mailin. Ich habe es nicht so gemeint«, entschuldigte er sich. »Ich mache mir ja auch Sorgen um das Fohlen.« Das klang so ehrlich, dass Mailin ihm nicht mehr böse sein konnte. »Dann lass in Zukunft solche dummen Sprüche«, sagte sie und biss in das Brot. Es war noch warm und durch den herzhaften Geschmack des frischen Sauerteigs bekam Mailin Appetit. Wann hatte sie eigentlich das letzte Mal etwas Richtiges gegessen? Gestern oder vorgestern? In den letzten Tagen war so viel geschehen, dass sie sich nicht mehr daran erinnern konnte.

»Die Heilerinnen scheinen ziemlich ratlos zu sein«, hörte sie Fion sagen. »Ich habe gestern Abend zufällig ihr Gespräch mitbekommen, als sie aus dem Stall kamen. Sie sagten, sie könnten sich nicht erklären, warum das Fohlen nicht fressen will. Vor allem der weiße Schaum vor dem Maul gibt ihnen Rätsel auf.«

»Fion! Es sind die besten Heilerinnen im ganzen Land. Der König hat sie extra für das Fohlen des Prinzen kommen lassen. Sie werden Shadow sicher wieder gesund machen.«

Obwohl Mailin mit fester Stimme sprach, spürte Fion, dass sie all das nur sagte, um sich selbst zu beruhigen. Sie wusste so gut wie er, wie schlecht es um das Fohlen stand, und dass die Heilerinnen noch immer kein Mittel gegen Shadows Siechtum gefunden hatten, machte die Sache nicht gerade besser.

Überhaupt waren die vergangenen Tage für seine Freundin nicht leicht gewesen. Nachdem Shadow von Unbekannten auf der Weide entführt worden war, hatte Mailin sich heftige Vorwürfe gemacht, weil sie an dem Abend auf der Koppel Wache hatte und die Entführung nicht verhindern konnte. Zwei Tage lang hatte sie sich zurückgezogen und mit niemandem gesprochen. Dann war das schwarze Fohlen plötzlich wieder aufgetaucht, doch die Freude darüber währte nicht lange.

Kaum fünf Tage später hatten sich die ersten Anzeichen der Krankheit bemerkbar gemacht, als das Fohlen jede Nahrungsaufnahme verweigerte.

Tags darauf zeigte sich Schaum vor seinem Maul und noch am gleichen Abend wurde es von den ersten Krämpfen geschüttelt, die mit hohem Fieber einhergingen.

Der Elfenönig hatte sofort die besten und erfahrensten Pferdeheilerinnen des Landes an den Hof kommen lassen, denn Shadow war auserwählt, später einmal Prinz Liameel, den Thronfolger des Elfenreichs, zu tragen. Gestern waren die Heilerinnen am Hof eingetroffen und hatten Shadow sorgfältig untersucht. Die Symptome, die das Fohlen zeigte, passten jedoch zu keiner im Elfenreich bekannten Pferdekrankheit.

Den Heilerinnen war es zwar gelungen, das Fieber zu senken und die Krämpfe zu unterdrücken, aber damit war Shadow noch lange nicht geheilt, und nicht nur Fion befürchtete, dass es nur eine Frage der Zeit war, bis das Fohlen an Entkräftung starb.

»Ich hoffe, du hast Recht, Mailin«, seufzte Fion und richtete sich auf, um einen Blick in die benachbarte Box zu werfen, wo Shadow, dicht an seine Mutter Aiofee gekuschelt, in einen unruhigen Schlaf gefallen war. Die Schimmelstute leckte ihrem Fohlen das schweißnasse schwarze Fell, und Fion sah, wie es vor Schwäche zitterte. Neben ihm raschelte es im Stroh und gleich darauf erschien Mailins heller Haarschopf an seiner Seite. Sie warf ebenfalls einen sorgenvollen Blick in Aiofees Box. »Du denkst, er schafft es nicht, oder?«, fragte sie betrübt. Dann straffte sie sich und verkündete trotzig: »Shadow wird nicht sterben. Das lasse ich nicht zu!« Mit diesen Worten drehte sie sich um und verließ den Stall.

»He, wo willst du denn hin?«, rief Fion ihr nach.

Mailin antwortete nicht. Entschlossen eilte sie auf ein großes, aus rohen Baumstämmen gezimmertes Gebäude zu, in dem die Pferde der Bediensteten untergebracht waren.

Gohin, ihr eigenes Pferd, wieherte freudig, als er sie sah, doch das Elfenmädchen war zu sehr mit trüben Gedanken beschäftigt, um den Schimmel wie sonst mit ausgiebigen Streicheleinheiten zu begrüßen. Mit eingespielten, beinahe mechanischen Bewegungen legte sie Gohin das Halfter an und warf ihm eine sattelähnliche Decke über, öffnete die Boxentür und führte ihn hinaus.

Sie würde nicht zulassen, dass Shadow starb. Der Gedanke kreiste unablässig in ihrem Kopf herum. Sie hatte das Fohlen nicht zurückgebracht, damit es hier elend zugrunde ging. Wenn die Mondpriesterinnen und Heilerinnen am Hof kein Heilmittel für Shadow fanden oder finden wollten – bei Lavendra, der obersten Mondpriesterin, erschien ihr der Gedanke nicht ganz ausgeschlossen –, würde sie sich eben selbst auf die Suche machen.

Sie ließ Gohin antraben und ritt über den Hofplatz durch das geöffnete Tor in den Wald hinaus, ohne auf Fion zu achten, der aus dem Stall gelaufen kam und ihr heftig gestikulierend folgte.

Tränen liefen über ihr Gesicht, während sie mit Gohin durch den Morgennebel ritt. Ohne darüber nachzudenken, lenkte sie den Schimmel auf eine weite, grasbewachsene Ebene hinaus, in deren Mitte sich ein sanfter Hügel erhob.

Wie von selbst fiel Gohin vom Trab in den Galopp und preschte mit wehender Mähne auf die Anhöhe zu. Der Wind trocknete Mailins Tränen und die frische, taufeuchte Luft vertrieb für die Dauer des scharfen Ritts alle traurigen Gedanken. Sie schloss die Augen und genoss das berauschende Gefühl der Freiheit und Gohins rhythmischen Dreischlag auf dem weichen Gras. Dann veränderte sich der Klang des Hufschlags und Mailin spürte, wie der Boden sanft anstieg. Gohin wurde langsamer, fiel in einen leichten Trab zurück und hielt schließlich ganz an.

Mailin fühlte die Wärme der ersten Sonnenstrahlen auf dem Gesicht, wendete Gohin, sodass ihr die Sonne auf den Rücken schien, und blickte sich um. Der Anblick war überwältigend. Die weißen Nebel und die goldenen Strahlen der Sonne bildeten einen herrlichen Kontrast zum dunklen Saum des Waldes, der noch in tiefe Schatten getaucht auf den Morgen wartete. Mailin hatte jedoch wenig Zeit, die Schönheit der Natur zu bewundern, denn dort, am anderen Ende der Ebene, lag der wahre Grund für ihren Ausritt – der Schweigewald.

Auch wenn sie es sich zunächst nicht hatte eingestehen wollen, stand ihr Ziel von vornherein fest. Der Schweigewald war der Verbannungsort von Enid, einer verstoßenen Elfenpriesterin. Dorthin zu gehen war den Elfen verboten. Aber Mailin hatte es schon einmal gewagt. Ihr Kummer über das entführte Fohlen war so groß gewesen, dass sie alle Verbote missachtet und Enids Hilfe gesucht hatte – mit Erfolg.

An diesem Morgen war sie mindestens genauso verzweifelt. Galt es doch, so schnell wie möglich eine Medizin für das todkranke Fohlen zu finden.

Mailin schnalzte mit der Zunge, um Gohin, der zu grasen begonnen hatte, zum Weiterreiten zu bewegen. Vorsichtig lenkte sie ihn die steile Nordflanke des Hügels hinab, beugte sich nach vorn und raunte ihm leise die Worte »zum Schweigewald« ins Ohr.

Das Verbot, den Schweigewald zu betreten, war ihr dabei ebenso gleichgültig wie die Tatsache, dass sie an diesem Morgen eigentlich Dienst in den Stallungen hatte. Es ging um Leben und Tod. Sie durfte keine Zeit verlieren.

Mailin ballte die Fäuste, gab etwas in den Zügeln nach und verlagerte ihr Gewicht leicht nach vorn, um Gohin antraben zu lassen. Und während Gohins sanfter Zweischlag die Stille des Morgens durch-

14

brach, waren Mailins Gedanken schon wieder bei
Shadow. Was fehlte ihm nur?

Sie holte tief Luft und schloss die Augen. Enid konnte ihr bestimmt helfen. Sie musste ihr helfen können!
Schließlich war sie die weiseste Priesterin im ganzen
Elfenreich. Obwohl sie durch einen heimtückischen
Plan der Mondpriesterin Lavendra vor vielen Som-
mern am Hof des Königs in Ungnade gefallen und
verbannt worden war, stand sie noch immer unerschütterlich und treu auf der Seite des Königs.

Mailin hob den Kopf und blickte zum fernen
Schweigewald hinüber. Es war noch so weit! Wenn
sie sich nicht beeilte, würde es Abend sein, ehe sie
zum Hof zurückkehren konnte.

Schneller, Gohin!, dachte sie ungeduldig, und schon
galoppierte Gohin an.

Mailins langes, helles Haar wehte offen im Wind, als
sie im leichten Jagdsitz auf Gohins Rücken über die
Wiese flog. Sie spürte die Kälte und Feuchtigkeit der
Nebelfelder in den schattigen Niederungen durch
die dünne Lederkleidung, doch sie achtete nicht
darauf. Angespannt beobachtete sie die dunkle Silhouette des Schweigewaldes, dem sie sich nun rasch
näherte, um rechtzeitig einen der berittenen Posten
zu erkennen, die die Grenze zu Enids Verbannungsort überwachten.

Ein aufregendes Wochenende

»Hallo! Ich bin wieder da!« Schwungvoll legte Julia ihren Rucksack mit den Übernachtungssachen auf die gewundene Holztreppe neben der Haustür und klopfte sich einige reichlich verspätete Schneeflocken von der Jacke.
Kalte Luft hatte vor ein paar Tagen noch einmal den Weg nach Neu Horsterfelde gefunden und wollte nicht weichen, obwohl der Frühling laut Kalender schon vor über zwei Wochen begonnen hatte.
»Uh, mach schnell die Tür zu!«, rief Anette Wiegand, Julias Mutter, aus dem Wohnzimmer. »Wir heizen nicht für draußen.« Den Geräuschen nach war sie gerade dabei, einige Scheite im neuen Kaminofen aufzuschichten.
Julia schob die Haustür mit dem Fuß ins Schloss und zog Jacke und Stiefel aus. »Wo ist Vati?«, wollte sie wissen.
»Er ist zum Baumarkt gefahren, um Sträucher für den Garten zu kaufen«, tönte die Stimme ihrer Mutter über das Papiergeraschel hinweg. Es folgte das unverkennbare Ratschen eines Streichholzes entlang der Schachtel, und der Geruch brennenden Papiers zog in den Flur.
»Und, zieht er?«, fragte Julia.

»Was soll Vati machen?«

»Nicht Vati. Der Kaminofen!« Julia verdrehte die Augen und trat lachend ins Wohnzimmer. »Ich hab gefragt, ob der Ofen zieht«, wiederholte sie.

»Ja, jetzt zieht er endlich richtig.« Sichtlich zufrieden betrachtete Julias Mutter durch die Glastür, wie die Flämmchen an den Holzscheiten leckten und rasch größer wurden.

Seit der Ofen im Januar eingebaut worden war, hatte es ständig Probleme gegeben. Dreimal war das ganze Haus verräuchert gewesen, weil der Qualm nicht richtig abziehen konnte. Julias Vater hatte schon ernsthaft überlegt, ihn wieder auszubauen. Doch dann war am vergangenen Donnerstag der Schornsteinfeger gekommen. Auf die Frage von Julias Mutter, was denn bloß mit dem Kamin los sei, hatte er nur gelacht und ein uraltes Elsternnest aus dem Schornstein gezogen.

»Wie gemütlich!« Julia ließ sich vor dem Ofen in einen Sessel fallen und lauschte dem Knistern des Holzes. »Eigentlich schade, dass Vati ihn im Sommer nicht schüren will.«

»Aber gut, dass er ihn nicht gleich wieder rausgerissen hat«, meinte ihre Mutter und deutete in den Garten hinaus, wo die Krokusse inzwischen von einer dünnen, weißen Schneeschicht bedeckt wurden. »So können wir wenigstens noch den letzten Schnee am Kamin genießen. Und über Kaminfeuer im Sommer werde ich noch mal mit Vati reden.« Sie zwinkerte ihrer Tochter verschwörerisch zu. »Du weißt doch, wie verfroren ich bin.«

»Also, für den Reitertag morgen könnte es schon wärmer werden.« Julia rieb sich die kalten Hände. »Wenn ich nur daran denke, bei diesen Temperaturen Spikeys Schweif zu waschen und zu flechten, kriege ich ganz steife Finger.«

»Und vergiss die Mähne nicht.« Ihre Mutter lachte. Sie war selbst nie geritten und konnte nicht verstehen, warum für Reitertage immer so ein Aufwand um die Pferde gemacht wurde. Nach wie vor war sie der Überzeugung, dass ein geflochtener Schweif nichts daran änderte, ob ein Pferd ein Hindernis übersprang oder zu Boden riss.

»Hast du mir das rote Schleifenband mitgebracht?«, fragte Julia, als hätte sie den spöttischen Unterton ihrer Mutter gar nicht bemerkt.

»Liegt in der Küche, zusammen mit dem Shampoo und den kleinen Gummibändern.«

»Danke, Mutti!« Julia sprang aus dem Sessel. »Am besten binde ich die Schleifen jetzt schon. Dann muss ich es morgen früh nicht machen.« Sie verschwand in der Küche und kehrte gleich darauf mit einer kleinen Plastiktüte ins Esszimmer zurück.

»Übrigens, wie hast du bei Svea geschlafen?«, erkundigte sich ihre Mutter, während Julia das meterlange Schleifenband in gleich große Stücke schnitt.

»Bis fünf Uhr tief und fest«, erzählte Julia. »Dann kam der Zeitungsjunge.«

»Der Zeitungsjunge macht doch keinen Lärm.«
»Nein, der nicht, aber Sveas neuer Hund«, erklärte
Julia. »Der hat einen Aufstand gemacht! Kein Wunder, dass sich die Nachbarn über ihn beschweren. Ich
bin zum Glück wieder eingeschlafen. Nicht, dass du
denkst, ich sei seit fünf Uhr auf den Beinen.«
»Könnte ich mir auch nicht vorstellen.« Anette Wiegand trat näher, verwuschelte ihrer Tochter neckend
den Pony und setzte sich neben sie. »Du schläfst immer wie ein Murmeltier.«
»Hoffentlich auch heute Nacht«, seufzte Julia. »Bei
dem Gedanken an die Prüfung morgen bekomme
ich schon jetzt Herzklopfen. Wahrscheinlich krieg
ich kein Auge zu.«
»Du darfst das nicht so verkniffen sehen«, versuchte
Anette Wiegand ihre Tochter zu beruhigen. »Bisher
hast du immer eine Schleife bekommen.«
»Aber noch nie eine silberne oder goldene«, wandte
Julia ein. »Nicht einmal in Auerbach mit Chenna.
Und dabei waren wir ein eingespieltes Team. Es ist
wie verhext. Immer gibt es Mädchen, die viel besser
reiten als ich.«
»Blödsinn! So eine Prüfung am Reitertag sagt doch
nicht unbedingt etwas über die Reitkünste der Teilnehmer aus. In erster Linie soll es allen Spaß machen«, meinte die Mutter.
»Ja, schon ...« Julia überlegte. »Na, immerhin ist Anita nicht dabei. Dann wird es sicher lustig.«
Wie die meisten Mädchen auf der Danauer Mühle

19

konnte Julia Anita von der Heyde nicht ausstehen. Die fünfzehnjährige Tochter wohlhabender Eltern besaß mit White Lady ein eigenes Pferd und war im vergangenen Jahr Junioren-Landesmeisterin im Dressurreiten geworden. Seitdem trainierte sie jede freie Minute für die deutschen Meisterschaften und sparte nicht mit Arroganz und Häme, wenn es um die Leistungen der anderen Reiterhofmädchen ging. Anita hielt sich für die mit Abstand beste Reiterin der Danauer Mühle und ließ das jeden spüren.

Julia war die Einzige, die wusste, dass Anitas Erfolg noch einen anderen Grund hatte. Aber das behielt sie lieber für sich, weil es ihr ohnehin niemand glauben würde. Anitas White Lady war nämlich kein gewöhnliches Pferd. Vermutlich wusste nicht einmal Anita darüber Bescheid, doch für Julia gab es keinen Zweifel. White Lady war ein Elfenpferd, das vor vielen Jahren aus der Elfenwelt entführt worden war. Julia hatte zwar keine Ahnung, wie Anitas Vater an die Schimmelstute gekommen war, doch Mailin, ein Elfenmädchen, mit dem sie durch ein unglaubliches Abenteuer im vergangenen Sommer Freundschaft geschlossen hatte, war sich ihrer Sache ganz sicher: White Lady stammte aus der Elfenwelt.

»Anita ist nicht auf dem Reitertag?«, hörte sie ihre Mutter fragen.

»Nein, sie ist schon mit White Lady im Trainingslager, um sich auf die deutschen Meisterschaften vorzubereiten, die in zwei Wochen stattfinden.«

»Ach so. Ich dachte schon, sie sei krank. Wo sich eure Anita sonst nie eine Gelegenheit entgehen lässt, eine Schleife zu bekommen.«

»... eine goldene Schleife«, ergänzte Julia abfällig.

»Übrigens, musst du heute noch zur Danauer Mühle?«, wechselte ihre Mutter das Thema.

»Na klar! Svea, Carolin und ich haben uns um fünf Uhr dort verabredet. Wir wollen die Mähnen und Schweife schon heute Abend einflechten.«

»Aber es wird bald dunkel.«

»Geht nicht anders.« Julia zog bedauernd die Schultern hoch. »Morgen vor den Prüfungen ist die Zeit viel zu knapp. Ich bin schon froh, wenn ich alle Schleifen rechtzeitig eingesteckt bekomme.«

»Also, hinfahren kann ich dich«, sagte ihre Mutter. »Für den Rückweg müsstest du Sveas oder Carolins Eltern fragen, ob sie dich mitnehmen. Vati und ich sind nämlich heute Abend bei Ehlers eingeladen.«

»Kein Problem«, sagte Julia, während sie eine weitere fertige Schleife auf den ansehnlichen Stapel legte. »Sveas Mutter hat heute Morgen gesagt, dass ihr nicht extra zu fahren braucht. Sie holt mich ab und bringt mich auch wieder nach Hause.«

»Gut, dann nimm aber deinen Haustürschlüssel mit«, meinte Anette Wiegand. »Wir spielen Rommee, da kann es spät werden.«

Julia nickte. Herr und Frau Ehlers waren die Nachbarn von Familie Wiegand. Beide waren schon etwas älter und hatten keine Kinder. Kurz nach dem Umzug hatte sich Julias Mutter mit der Nachbarin angefreundet. Die beiden verstanden sich gut, und seit Herr Ehlers Julias Vater beim Tapezieren geholfen hatte, war aus den gelegentlichen Besuchen eine monatliche Rommeerunde entstanden.

Für gewöhnlich lud sich Julia an solchen Abenden Svea oder Carolin oder auch mal beide zum Übernachten ein. Mit reichlich Knabbersachen und Cola machten sie es sich dann entweder vor dem Fernseher gemütlich, spielten ein Spiel oder hörten Musik und ratschten.

»Ich muss morgen früh aufstehen und gehe sowieso gleich ins Bett, wenn ich abends nach Hause komme«, meinte Julia.

»Wann ist deine Prüfung?«, fragte die Mutter.

»Um elf. Aber ich muss schon um neun da sein.«

Julia grinste, als sie das erschrockene Gesicht ihrer Mutter sah. »Keine Angst, ihr braucht nicht vor elf zu kommen«, sagte sie.

»Stehst du da so lange in der Kälte?«, fragte ihre Mutter. »Nimm dir eine dicke Jacke mit und ...«

»... Mütze, Schal, Handschuhe und Ohrenwärmer.« Julia schüttelte lachend den Kopf. »Mutti, wenn mir kalt wird, setze ich mich in die Reiterklause und trinke einen heißen Kakao.«

Jetzt musste auch ihre Mutter lachen. »Schon gut«, lenkte sie ein. »Ich vergesse immer wieder, was für ein großes Mädchen ich habe. Na, dann will ich dir noch schnell die weiße Bluse für morgen bügeln.«

Mailins letzte Hoffnung

Wie immer, wenn sie den Schweigewald betraten, setzte Gohin seine Hufe fast lautlos auf den weichen Boden. Vorsichtig schritt er durch das schattige Dickicht unter den hohen Tannen, immer darauf bedacht, nicht auf trockene Äste zu treten, denn wie alle Elfen besaßen auch die Wächter am Waldrand gute Ohren und würden jedem verdächtigen Geräusch sofort nachgehen. Mailin saß auf dem Rücken des Schimmels und spähte immer wieder aufmerksam zum Waldrand zurück. Obwohl es im Innern des Waldes noch nicht richtig hell war, wusste Mailin genau, wohin sie reiten musste. Enids Hütte lag nicht mehr weit entfernt.

Als sie das erste Mal diesen Weg geritten war, hatte ihr der Gedanke an die einstige Elfenpriesterin eisige Schauer über den Rücken gejagt. Mailin lächelte versonnen. Hätte sie damals... Damals! Das klang, als wäre es schon ewig lange her, dabei lag es in Wirklichkeit erst wenige Tage zurück. Hätte sie da die Wahl gehabt, sie wäre wieder umgekehrt. Doch sie war weitergeritten, und das war gut so, denn sonst hätte Shadow wohl für immer in der Welt der Menschen bleiben müssen.

Vieles war seither geschehen und Mailin hatte keine

Angst mehr vor Enid, im Gegenteil. Enid und sie waren inzwischen zu Freundinnen und Verbündeten geworden, die es sich zur Aufgabe gemacht hatten, Lavendras heimtückischen Plan zu vereiteln, Macht über den Thronfolger des Elfenreiches zu gewinnen. Mailin seufzte. Erst vor kurzem war es ihr mit Enids Hilfe gelungen, Shadow aus der Menschenwelt zurückzuholen, und schon war sie wieder auf die verstoßene Priesterin angewiesen. Das Elfenmädchen betete im Stillen darum, dass Enid ein wirksames Heilmittel für Shadows Krankheit kannte. Es musste Hilfe geben. »Ich werde ein Heilmittel finden«, schwor sie laut. »Das verspreche ich!« Beim Klang ihrer eigenen Stimme zuckte Mailin erschrocken zusammen. Sie biss sich auf die Lippen und horchte auf das Echo ihrer Stimme, das zwischen den Bäumen verhallte. Der Schweigewald trug seinen Namen zu Recht. Hier gab es kaum ein Geräusch. Nicht ein einziger Vogel sang und selbst die kleinen piepsenden Nager, die den Waldboden sonst zu Hunderten bevölkerten, schienen den Wald verlassen zu haben. Kein Wind strich durch die Wipfel der hohen Tannen und der schwere Duft des feuchten, nadelbedeckten Bodens hing träge zwischen den Bäumen. Es war ein einsamer und trauriger Ort.
Doch so bedrückend die Stille auch war, Mailin hatte keine Angst, weil sie wusste, dass die Geschichten, die man sich am Hof über den Schweigewald erzählte, frei erfunden waren und allein dem Zweck dien-

ten, die Elfen von dem Wald und der Priesterin fern zu halten.

Mailin hatte Enids Hütte schon fast erreicht. Nur ein paar tief herabhängende Äste verdeckten den Blick auf die einfache, moosbewachsene Hütte, hinter deren einzigem Fenster auch an diesem Morgen ein unsteter Feuerschein zu sehen war. Durch einen sanften Schenkeldruck bedeutete Mailin Gohin zu den windschiefen Überresten eines alten Zaunes zu gehen. Der Zaun trennte die Hütte von einem Bach, an dessen Ufer saftiges Gras wuchs. »Du bleibst hier«, flüsterte sie ihm zu und schwang sich aus dem Sattel. Gohin schnaubte leise und begann zu grasen, während Mailin langsam auf die Hütte zuging.

»Mailin, welche Freude, dich zu sehen! Tritt näher, mein Kind!« Wie bei ihrem ersten Besuch schwang die Tür der Hütte geräuschlos auf, bevor Mailin die Klinke berührte.

Sie trat ein und es war, als käme sie nach Hause. Nach den Ereignissen der letzten Tage wirkte die spärlich eingerichtete Waldhütte so vertraut und friedlich, dass Mailin ein wohliger Schauer über den Rücken lief. Unter der Decke hingen noch immer die Beutel mit getrockneten Pilzen und Beeren zwischen unzähligen Kräuterbündeln, die einen würzigen Geruch verbreiteten, und in dem breiten Regal neben der Tür standen Hunderte kleiner Körbe und tönerner Schalen, deren Inhalt Mailin nicht kannte. In der Mitte des Raumes brannte das offene Herdfeuer und davor saß die Elfenpriesterin in ihrem geflochtenen Korbstuhl. Sie trug ihr schlichtes graues Gewand und hatte das lange blaugraue Haar im Nacken zu einem dicken Zopf gebunden.

»Was führt dich zu mir, Kind?« Die Weidenzweige des Stuhls knarrten, als Enid sich erhob, um Mailin in der traditionellen Art der Elfen zu begrüßen. Mailin tat es ihr gleich und neigte respektvoll den Kopf, während sie ihre gespreizte Hand auf das Herz legte.

Wie kann man nur so schreckliche Geschichten über Enid verbreiten?, schoss es ihr durch den Kopf. Die Elfenpriesterin war weder alt noch hässlich und hatte auch sonst überhaupt keine Ähnlichkeit mit dem Bild, das man am Hof von ihr verbreitete. Es war ungerecht, so über die weise und freundliche Frau zu sprechen.

»Setz dich!« Die warme, wohlklingende Stimme Enids riss Mailin aus ihren Gedanken. Mit einem entschuldigenden Lächeln setzte sie sich auf den geflochtenen Stuhl, den Enid neben den ihren gestellt hatte, und wartete, bis auch die Priesterin Platz genommen hatte, bevor sie zu sprechen begann.

»Shadow ist schwer krank«, sagte sie mit bebender Stimme. »Keiner weiß, was ihm fehlt. Die Mondpriesterinnen nicht und die Heilerinnen, die der König an den Hof gerufen hat, auch nicht.« Mailin fühlte Tränen in den Augen, aber sie wollte nicht weinen und bemühte sich um eine feste Stimme, als sie weitersprach. »Sie konnten das Fieber senken, aber sie sagen, dass er sterben wird, wenn er nicht bald etwas frisst. Dabei ...«

»Shadow hat Fieber?« Enid runzelte die Stirn. »Was weißt du über die Krankheit? Wie lange dauert sie schon?«

»Es fing an, als er fünf Tage zurück war«, erzählte Mailin. »Plötzlich wollte er nicht mehr fressen. Wir haben uns noch keine Sorgen gemacht. Erst als er am nächsten Tag Fieberkrämpfe bekam und weißen Schaum vor dem Maul hatte, haben wir die Pferdeheilerin gerufen.« Mailin fuhr sich mit den Händen über das Gesicht, als könnte sie die Erinnerung an das Leid des Fohlens damit vertreiben.

»Und? Konnte die Heilerin etwas feststellen?«, wollte Enid wissen.

»Nein.« Mailin schüttelte betrübt den Kopf. »Alle am Hof waren ratlos. Deshalb hat der König die besten Heilerinnen des Landes kommen lassen ...« Sie stockte und seufzte tief, bevor sie fortfuhr: »Fion sagte mir heute Morgen, dass auch sie nicht mehr weiterwüssten.«

»Fion?«

»Das ist mein Freund«, beeilte sich Mailin zu erklären. »Er hat gehört, wie sich die Heilerinnen über Shadow unterhielten.« Mailins Stimme überschlug sich nun beinahe. »Ihr seid meine letzte Hoffnung, ehrwürdige Enid. Wenn Ihr kein Heilmittel für Shadow kennt, ist er verloren.« Wieder spürte Mailin das

27

verräterische Brennen in den Augen, das die Tränen ankündigte, doch diesmal schaffte sie es nicht, sie aufzuhalten. Schluchzend schlug sie die Hände vors Gesicht.

»Aber, aber.« Die Elfenpriesterin erhob sich und legte beruhigend den Arm um Mailin. »Tränen machen Shadow auch nicht wieder gesund.« Sie trat vor ein Regal, in dem zwischen tönernen Tiegeln und Töpfen zwei dicke, ledergebundene Bücher standen. Eines davon zog sie hervor und begann darin zu blättern, während sie sich wieder setzte. »Am besten, du schilderst mir ganz genau die Merkmale von Shadows Krankheit«, bat sie Mailin, ohne den Blick von den vergilbten Seiten zu wenden. »Ich habe zwar einen vagen Verdacht, aber die Erkrankung ist für mich schwer zu bestimmen, wenn ich das Fohlen nicht selbst untersuchen kann.«

»Ihr kennt die Krankheit?« Mailin schniefte, wischte die Tränen fort und sah Enid hoffnungsvoll an. »Dann wird Shadow bestimmt ...«

»Noch kann ich nichts versprechen«, gab die Elfenpriesterin zu bedenken. »Zuerst musst du mir alles ganz genau beschreiben – jede Kleinigkeit.«

Pferdeputzen

Von der Spitze einer hohen Blautanne flötete eine Amsel ihr Lied unbeirrt in die einsetzende Dämmerung hinaus. Frühling!, dachte Julia und zog sich den Schal vor die Nase. Die Schneewolken hatten sich den ganzen Tag über Neu Horsterfelde gehalten und weiche Flocken zur Erde geschickt. Inzwischen hatte der Schneefall ein wenig nachgelassen, aber es landeten noch immer unzählige kleine Graupelflöckchen auf Julias dunkler Winterjacke, wo sie sofort schmolzen. »Wenn das so weitergeht, werden wir noch eingeschneit.« Julia zog die Haustür ins Schloss und sah auf die Uhr. Schon zehn nach fünf. Fröstelnd schob sie die Hände in die Jackentaschen und ging die Auffahrt hinunter bis zum Bürgersteig.
Obwohl der Gesang der Amsel nach Frühling klang und Julia sich nach Sonne und Wärme sehnte, hatte der leise fallende Schnee noch immer etwas Bezauberndes und sie ertappte sich dabei, die herrliche Winterlandschaft zu bewundern.
Während sie auf der menschenleeren Dorfstraße ungeduldig nach den Lichtern eines Autos Ausschau hielt, wanderten ihre Gedanken zu Spikey. Das Fest am Sonntag war ihr erster Reitertag auf der Danauer Mühle und sie hatte sich vorgenommen, das fuchs-

braun und weiß gescheckte Pony ebenso schön herauszuputzen, wie sie es in Auerbach, ihrem früheren Zuhause, immer mit Chenna getan hatte. Mindestens zwanzig Zöpfe wollte sie in Spikeys Mähne flechten, und für den Schweif hatte ihr Svea beigebracht, wie man einen Mozartzopf flocht. Die dunkelroten Schleifen würden ...

Die Motorengeräusche eines Autos, das hinter ihr zum Stehen kam, rissen Julia aus ihren Gedanken. »Hallo, Julia!« Carolin, die auf dem Beifahrersitz saß, öffnete die Tür und winkte ihr zu.

»Ihr kommt aus der falschen Richtung«, stellte Julia fest, als sie auf den blauen Van zutrat.

»Svea musste noch ein Schleifenband kaufen, weil sie zu wenig hatte«, erklärte Sveas Mutter vom Fahrersitz. »Tut mir Leid, dass wir so spät dran sind, aber auf der Bundesstraße hat es einen Unfall gegeben und ich musste einen Umweg fahren. Ich hoffe, du bist nicht erfroren.«

»Ich bin gerade erst gekommen«, erwiderte Julia, während sie die hintere Tür des Vans aufschob und zu Svea in den Wagen kletterte.

»Willst du heute Abend wirklich noch zwanzig Zöpfe flechten, Julia?«, fragte Carolin von vorn.

»Und einen Mozartzopf!«, ergänzte Svea.

»Klar, wieso nicht?« Julia zog erstaunt die Augenbrauen in die Höhe.

»Weil ich eigentlich nicht vorhabe, bis Mitternacht auf der Danauer Mühle zu bleiben«, lästerte Carolin.

»Flechten geht doch schnell. Für zwanzig Zöpfe brauche ich nicht mal eine Stunde«, meinte Julia. »Die braucht Carolin auch.« Svea kicherte. »Allerdings für fünf Zöpfe.«

»Du bist gemein, Svea!« Obwohl sie wusste, dass ihre Freundin Recht hatte, tat Carolin beleidigt. Zöpfe flechten war nun mal nicht ihr Ding, vor allem nicht mit Derrys krausem und drahtigem Pferdehaar.

»... und an einem Mozartzopf würdest du wahrscheinlich die ganze Nacht sitzen«, fuhr Svea unbeirrt fort.

Diesmal blieb Carolin gelassen. »Derry hat im letzten Jahr auch ohne Mozartzopf eine bronzene Schleife bekommen«, bemerkte sie. »Und deine Yasmin mit ihrem ach so perfekten Mozartzopf nur eine grüne. Es kommt nicht auf das Aussehen, sondern auf das Talent eines Pferdes an.«

»Stimmt nicht«, warf Svea ein. »Weißt du nicht mehr? Moni hatte Nikki im letzten Jahr nicht richtig geputzt und eingeflochten. Sie ist so toll geritten, hat aber wegen Nikkis ungepflegtem Aussehen nur eine rote Schleife bekommen.«

»Beim Reiten ist eben beides wichtig«, mischte sich Sveas Mutter, die früher auch auf großen Turnieren geritten war, in das Gespräch der Mädchen ein. »Ein gepflegtes Äußeres von Pferd und Reiter und ein perfekter Ritt. Anita macht das zum Beispiel ...«

»Anita!«, riefen Svea, Carolin und Julia gleichzeitig und verdrehten die Augen.

»Reib uns bloß nicht diese Zicke als Vorbild unter die Nase, Mama«, bat Svea, und Carolin fügte schulmeisterlich hinzu: »Viel wichtiger als ein gepflegtes Äußeres von Pferd und Reiter und ein perfekter Ritt ist nämlich ein freundlicher Charakter.«

Sveas Mutter antwortete nicht, denn nun bogen sie in den unbefestigten Weg zur Danauer Mühle ein. Wind und Wetter hatten große Schlaglöcher in die sandige Straße gewaschen und sie brauchte all ihre Aufmerksamkeit, um den Van sicher hindurchzusteuern. »Wenn der Weg nicht bald ausgebessert wird, kann hier kein Auto mehr entlangfahren, ohne anschließend neue Stoßdämpfer zu brauchen«, meinte sie. Prompt geriet das Vorderrad des Wagens in ein besonders tiefes Schlagloch und ließ die Mädchen in ihren Sitzen auf und ab hüpfen.

»Autsch!« Svea rieb sich den Kopf. »Ich glaube, es ist sicherer, wenn ich wieder mit dem Fahrrad zum Reiterhof fahren kann«, stöhnte sie und fügte hinzu: »Wenn es denn irgendwann Frühling wird.«

»Ihr müsst hier oben aussteigen«, erklärte Sveas Mutter, während sie den Van am Straßenrand parkte. »Da unten steht schon alles voller Autos und ich weiß nicht, ob ich dort wenden kann. Was denkt ihr, wie lange ihr braucht?«

»Ungefähr drei Stunden«, meinte Svea, und da niemand widersprach, sagte ihre Mutter: »Gut, dann hole ich euch so gegen halb neun wieder ab. Ich warte hier oben auf euch.«

»Geht klar«, sagte Carolin. »Und vielen Dank fürs Fahren.«

»Mach ich doch gern.« Sveas Mutter lachte. »Ich wünsche euch viel Spaß.«

»Den haben wir bestimmt.« Julia ließ die Schiebetür ins Schloss gleiten und winkte Sveas Mutter zu. Dann machte sie sich mit Carolin und Svea auf den Weg zum Reiterhof.

»So voll hab ich das hier noch nie erlebt«, sagte sie mit einem Blick auf die vielen Autos. Sveas Mutter hatte Recht, der Parkplatz hinter der Halle war hoffnungslos überfüllt. Auch am Rand der abschüssigen Auffahrt standen etliche Wagen, sodass nur eine schmale Gasse frei blieb, durch die gerade noch ein Auto fahren konnte.

»Dann warte mal bis morgen«, kündigte Svea an. »Wenn Reitertag ist, ist sogar die Straße zur Danauer Mühle total zugeparkt.«

Vorsichtig gingen die Mädchen über das rutschige Kopfsteinpflaster. Der Schnee war von den Autos zu einem braunen Matsch gefahren worden und hatte den Boden zwischen den Steinen in einen Schlamm aus Pferdeäpfeln und Erde verwandelt.

»Ich hab dir doch gesagt, zieh lieber Gummistiefel an«, meinte Svea mit einem Blick auf Julias verdreckte Boots.

»Ja, Mama.« Julia lachte. »In den Boots krieg ich aber keine kalten Füße und so ein bisschen Dreck macht denen nichts aus.«

33

»Ich werde uns mal drei schöne rote Schabracken vom Dachboden holen«, wechselte Carolin das Thema. »Besser wir sichern sie uns gleich, sonst schnappen uns die anderen noch die besten weg.«

»Gute Idee. Dafür hol ich dir Derry aus der Box.« Svea bog in Richtung des Ponystalls ein.

»Danke. Wir treffen uns dann am Viereck.« Carolin ging geradeaus auf die Sattelkammer zu, während sich Julia auf den Weg zum Privatstall machte.

Im Privatstall waren an diesem Abend nicht einmal die Hälfte der Boxen besetzt. Die meisten Pferde standen schon draußen am Viereck oder waren an einem der unzähligen Eisenringe, die außen an den Stallwänden hingen, angebunden, wo sie von ihren Besitzern für das große Ereignis am kommenden Tag herausgeputzt wurden.

Spikey wieherte freudig und scharrte ungeduldig mit dem Vorderhuf an der Boxentür, als er Julia in der Stallgasse entdeckte. Sie nahm das blaue Halfter vom Haken an der Wand und trat vor Spikeys Box.

»Dachtest du, ich hätte dich vergessen?«, fragte sie und wuschelte dem Pony durch die Mähne. »Wir beide wollen doch morgen eine schöne Schleife gewinnen. Da muss ich dich richtig schick machen.«

Spikey schnaubte, als sehe er das auch so, und knabberte auf der Suche nach einem Leckerli an Julias Jacke.

»Moment!« Lachend schob Julia Spikeys Kopf zur Seite und legte ihm das Halfter an. »Du weißt:

34

Leckerli gibt es immer erst, wenn du brav warst.«
Dann griff sie aber doch in die Tasche und zog eine
kleine Möhre hervor, die Spikey mit Begeisterung
kaute. »So, jetzt aber ab nach draußen.« Julia öffnete
den Riegel der Boxentür und führte Spikey durch die
Stallgasse. Am Viereck herrschte dichtes Gedränge. Mehr als
fünfzehn Pferde und Ponys waren dort festgebunden
und wurden von ihren Reiterinnen für den Reitertag
vorbereitet. Überall standen Wassereimer und Putz-
kästen, lagen Bürsten und Hufauskratzer neben
Shampooflaschen und Tüten mit Gummibändern.
Um einige Pferde drängten sich gleich mehrere Mädchen, die sich aufgeregt unterhielten oder jemandem
etwas hinterherriefen. Der Lärm und die allgemeine
Aufregung blieben nicht ohne Folgen. Viele der
Ponys und Pferde, die schon länger am Viereck standen, waren nervös und schlugen mit den Hinterbeinen aus. Julia musste höllisch aufpassen, dass Spikey
oder sie nicht von einem Huf getroffen wurden, als
sie ihr Pony auf der Suche nach einem freien Platz an
der langen Seite des Vierecks entlangführte.
»Hallo, Julia!« Das war Moni. »Suchst du einen
Platz?« Die sommersprossige Dreizehnjährige mit
den roten Haaren stand neben Nikki am Viereck
und winkte Julia so heftig zu, dass ihr fast die Brille
von der Nase rutschte. »Ich bring Nikki gleich in die
Box«, sagte sie, als Julia näher kam. »Du kannst Spikey hier festmachen und auch meinen Wassereimer

35

haben, wenn du willst.« Sie grinste verschmitzt. »Eimer sind heute heiß begehrt und nur schwer zu bekommen.«

»Bist du schon fertig?«, fragte Julia und riskierte heimlich einen Seitenblick auf Nikki. Mit den halbherzig gekämmten Stirnhaaren und den fünf unregelmäßigen Zöpfen in der Mähne sah das weiße Reitschulpony alles andere als schön aus, zumal keiner der Zöpfe den Eindruck machte, als könnte er die Nacht in der Box unbeschadet überstehen. Nikkis Schweif war zwar nass, wirkte mit den hässlichen braunen Flecken aber ziemlich ungewaschen. Die Hinterbacken des Ponys zeigten noch Spuren von Stallmist. Julia fragte sich, wie Moni auf die Idee kommen konnte, dass sie mit dem Putzen fertig sei.

»Ich ..., ich hab heute nur ganz wenig Zeit«, entschuldigte sich Moni, der Julias prüfender Blick nicht entgangen war.

Typisch Moni. Immer in Eile. Überall wollte sie dabei sein und am liebsten alles mitmachen. Doch da sie neben dem Reiten auch Volleyball spielte, Klavierunterricht bekam, einen Kurs für Aquarellmalerei belegt hatte und einen Computerkurs besuchte, reichte die Zeit nie aus, um etwas ganz in Ruhe zu machen.

»Also, was ist? Willst du nun den Platz?«, wollte Moni wissen.

»Ja, klar.« Julia nickte. »Und den Eimer nehme ich auch gern.«

»Oh, prima«, freute sich Moni. »Dann brauche ich ihn nicht extra sauber zu machen, oder? Ich ...«

»... bin nämlich etwas in Eile«, beendete Julia den Satz und lachte. »Keine Sorge, ich mach das schon. Viel Spaß heute Abend!« Die letzten Worte musste sie Moni nachrufen, denn die war mit Nikki schon auf dem Weg zum Ponystall. Julia schüttelte den Kopf. Die wird sich wohl nie ändern, dachte sie und knotete Spikeys Halfter fest.

»Nanu, hat sie Nikki schon geputzt?« Svea, die Derry gerade aus dem Ponystall führte, deutete mit einem Kopfnicken auf Moni. »Das ging aber schnell.«

»Sie hat heute eben nicht so viel Zeit«, erklärte Julia schmunzelnd.

»Ach, nur heute?« Svea schnitt eine Grimasse. »Für Moni müsste die Woche zwölf Tage haben und ein Tag mindestens vierzig Stunden.«

»Und selbst damit würde sie nicht auskommen.« Carolin legte grinsend die roten Festschabracken über das Viereck. »Seht mal, ich hatte Glück. Die drei sind wirklich top.«

»Klasse gemacht.« Julia löste Spikey noch einmal vom Viereck und schob ihn ein paar Schritte zur Seite. »Carolin, du kannst Derry hier neben Spikey stellen. Der Platz reicht locker für beide Ponys. Dann können wir uns auch den Wassereimer teilen.« Sie blickte sich um und wandte sich an Svea. »Hast du schon einen Platz für Yasmin?«

Svea nickte und deutete auf die schmale Seite des

37

Vierecks. »Sie steht dahinten neben Amigo. Ich mache mich besser gleich an die Arbeit, sonst schaffe ich es nicht, bis meine Mutter kommt.« Sie drehte sich um und ging zu Yasmin.

»Bordeaux!« Carolin hatte Derry festgebunden und griff nach dem Wassereimer, um ihn in der Sattelkammer zu säubern.

»Wie bitte?«, kam es von Julia.

»Bordeaux, wenn überhaupt!«

»Bordeaux, was?«

»Die Farbe der Schleife. Wenn Moni überhaupt eine bekommt«, erklärte Carolin kopfschüttelnd. »Hast du gesehen, wie Nikki aussieht? Total daneben, die Arbeit hätte sie sich sparen können. Der Arme kann einem Leid tun, weil Moni ihn immer so lieblos zurechtpfuscht.«

Vor langer Zeit ...

»Balsariskraut?« Verwundert blickte Mailin die Elfenpriesterin an. Obwohl sie sich wie jede Elfe ein wenig in Heilkunde auskannte, hatte sie den Namen noch nie gehört.
»Ganz recht.« Enid nickte. »Es wundert mich allerdings nicht, dass du die Pflanze nicht kennst, denn sie wird schon lange nicht mehr als Heilmittel verwendet.«
»Ach!« Mailin konnte ihre Enttäuschung nicht verbergen. »Warum nicht?«
»Nun, das ist eine lange Geschichte.« Enid klappte das Buch auf ihrem Schoß zu, legte es vorsichtig auf den Boden und sah Mailin ernst an. »Dazu muss ich dir etwas erzählen, das schon sehr lange zurückliegt. Etwas, an das sich nur noch ganz wenige erinnern.« Sie lehnte sich zurück, faltete die Hände im Schoß und blickte versonnen in die Glut des Feuers.
»Vor langer, langer Zeit«, begann sie, »einer Zeit, in der ich noch nicht geboren war, standen die Tore zur Menschenwelt offen. Damals war es unseren Vorfahren erlaubt, sich frei zwischen den Welten zu bewegen, und so währten ihre Aufenthalte in der fremden Welt oft viele Tage oder gar Wochen. Die Menschen hingegen konnten nicht in unsere Welt gelangen,

und das war gut so, denn so wurde verhindert, dass diese kriegerische Rasse Neid, Hass und Missgunst in unser Reich trug. Nur ein einziges Mal erlaubte der Elfenkönig einem Menschen, unsere Welt zu betreten. Der Mann war ein einfacher Bauer, aber für unsere Vorfahren von unschätzbarem Wert. Er sollte sie den Anbau von Balsariskraut lehren.«

»Warum?« Die Frage kam wie von selbst über Mailins Lippen, so gespannt hörte sie der Priesterin zu.

»Wegen unserer Pferde«, erklärte diese. »Viele der Elfenpferde, die sich länger in der Menschenwelt aufgehalten hatten, wurden damals krank. Schwer krank. Dutzende starben, bevor die Heilerinnen endlich ein Mittel gegen die heimtückische Krankheit fanden. Doch die Heilpflanze, die man zur Herstellung der Medizin benötigte, gab es nur in der Welt der Menschen. Deshalb entschied der König, die Pflanze auch in unserem Reich anzubauen, um den erkrankten Pferden helfen zu können.«

»Dann ist Shadow krank, weil er in der Menschenwelt war?«, schlussfolgerte Mailin.

Enid nickte. »So wie du seine Krankheit beschreibst, gibt es für mich daran keinen Zweifel.«

»Dann sagt mir, wo ich das Balsariskraut finden kann.« Mailins Wangen glühten vor Eifer. Am liebsten wäre sie sofort losgeritten, um nach der Pflanze zu suchen.

»Nicht so hastig«, bremste die Elfenpriesterin ihren Tatendrang. »Das Kraut zu finden wird nicht leicht sein. Es ist bei uns inzwischen sehr selten, denn das Heilmittel, das die Heilerinnen aus dem Balsariskraut gewannen, war nicht ungefährlich. Damals wusste man das allerdings noch nicht. Im Elfenreich gab es große Felder, auf denen das Kraut nach Art der Menschen angebaut wurde. Doch einhundert Jahre, nachdem die erste Saat ausgebracht worden war, entdeckte ein junger Elf zufällig die berauschende Wirkung des Heiltrankes. Immer mehr Elfen wurden daraufhin ein Opfer des Rausches, dem sie am Ende nicht mehr ohne die Hilfe einer Heilerin zu entfliehen vermochten. Einige verloren sogar völlig den Verstand. Zu dieser Zeit wurden die Tore zur Menschenwelt endgültig geschlossen und der König befahl die überflüssig gewordenen Balsariskrautfelder niederzubrennen, um unser Volk vor dieser Gefahr zu schützen.«

»Ich verstehe.« Mailin, die ihre Ungeduld bisher nur mit Mühe hatte im Zaum halten können, seufzte enttäuscht. »Dann gibt es also keine Hoffnung für Shadow«, murmelte sie mit Tränen in den Augen.

»Keine würde ich nicht sagen. Aber das Kraut wird nicht leicht zu finden sein und für die Herstellung des Heilmittels braucht man eine Menge davon.«

»Ich bin überzeugt, dass der König alles tun wird, um das Pferd des Thronfolgers zu retten«, erklärte Mailin fest. »Wenn Ihr mir sagt, wie die Pflanze aussieht, wird er jeden seiner Männer losschicken, um danach zu suchen.«

»Leider gibt es in diesem Buch keine Abbildung der Pflanze«, bedauerte die Elfenpriesterin. »Aber warte, ich glaube, ich kann dir etwas geben, das die Suche erleichtern wird.« Sie stand auf, trat noch einmal vor das Regal mit den Büchern und Pergamenten und zog das andere Buch hervor. Mit dem dicken Wälzer in den Händen ging sie zu einem Tisch unter dem Fenster, legte ihn auf die Tischplatte und blätterte darin. Mailin sah ihr schweigend zu. Sie hätte gern gewusst, wonach die Elfenpriesterin suchte, wagte aber nicht zu fragen.

»Aha, wusste ich es doch.« Erfreut hielt Enid ein getrocknetes Blatt in die Höhe und wandte sich Mailin zu. »Das ist es«, erklärte sie feierlich. »Das ist ein Blatt des Balsariskrauts.«

Mailin erhob sich und trat näher, um das kleine graugrüne Blatt zu betrachten. Es bestand aus fünf unterschiedlich langen und schmalen Einzelblättern, die wie die Finger einer Hand von dem Stiel abzweigten. »So eine Pflanze habe ich noch nie gesehen«, gab sie zu. »Und Ihr glaubt wirklich, dass es sie heute noch gibt? Nach all den Jahren?«

»Ich bin zuversichtlich«, meinte Enid. »Als man die Felder damals niederbrannte, verbreitete der Wind die Samen des Balsariskrauts über das ganze Reich, wo sie wild weiterwuchsen. Als ich noch am Hof war, hörte ich von Heilkundigen, die die Pflanze hin und wieder wild wachsend vorfanden. Es ist durchaus möglich, die nötige Menge davon zu finden.«

42

»Danke!« Mailin war so glücklich, dass sie der Elfen-priesterin am liebsten um den Hals gefallen wäre. Doch sie hielt sich zurück und fragte:»Darf ich das Blatt mitnehmen, um es dem König zu zeigen?«
»Was willst du ihm denn sagen, wenn er dich fragt, woher du es hast?«
Mailin schmunzelte.»Ich werde sagen, dass ich im Wald eingeschlafen bin. Im Traum sei mir die Mutter Mongruad erschienen und hätte mir einen Hinweis darauf gegeben, wie ich Shadow retten könnte. Beim Aufwachen hätte ich das Blatt auf meinem Lager ge-funden – ein Beweis dafür, dass ich nicht geträumt habe.«
»Die Erdgöttin.« Jetzt schmunzelte auch Enid.»Das ist eine gute Idee. Bisweilen, wenn auch sehr selten, sollen solche Visionen tatsächlich vorkommen.«
»Von Lavendra sagt man, dass sie öfter von Visionen heimgesucht wird«, erklärte Mailin.»Der König nimmt das sehr ernst.«
»Das ist gut, dann kann sie dir wenigstens nicht widersprechen«, sagte Enid und zwinkerte Mailin verschwörerisch zu.»Oder dich gar als Lügnerin bezeichnen.«

Als Mailin an den Hof zurückkehrte, war es früher Nachmittag. Sie wusste, dass sie Ärger bekommen würde, weil sie nicht zum Stalldienst erschienen war, doch das war ihr egal. Sie musste sofort den König sprechen.

Schnurstracks lenkte sie Gohin auf das Palastgebäude zu und band den Schimmel an einem der vielen kupfernen Ringe fest, die zu diesem Zweck an der Palastmauer angebracht worden waren. Drei Stufen auf einmal nehmend hastete sie die breite Treppe zur Eingangshalle hinauf und wäre geradewegs in den Thronsaal gelaufen, wenn die Wache am Ende der Treppe sie nicht aufgehalten hätte.

»Wohin willst du so schnell, Mädchen?«, fragte der hochgewachsene Elf in der traditionellen, weinroten Kleidung der königlichen Wachen. Er betrachtete Mailin mit strengem Blick und hielt sie unnachgiebig am Arm fest.

»Ich ..., ich muss sofort zum König«, erwiderte Mailin atemlos.

»Hört, hört«, meinte der Elf und machte ein wichtiges Gesicht. »Zum König möchte sie. Sofort. Weiß sie denn nicht, dass der König ein viel beschäftigter Elf ist und viele wichtigen Elfen darauf warten, zu ihm vorgelassen zu werden?«

Mailin warf ihm einen erbosten Blick zu. »Natürlich weiß ich das!«, zischte sie und befreite sich durch einen heftigen Ruck aus dem Griff des Elfen. »Aber ich bringe wichtige Neuigkeiten, die keinen Aufschub dulden.«

»Sooo?« Der Wachposten zog das Wort abfällig in die Länge. »Und was für Neuigkeiten sind das?«

»Sie sind hier drin.« Mailin hielt eine kleine Holzschachtel in die Höhe und zeigte sie der Wache. Der

Elf griff danach, doch Mailin war schneller und presste die Schachtel wie einen wertvollen Schatz an die Brust. »Nicht anrühren«, warnte sie. »Ich gebe sie nur dem König persönlich.«

»Wenn du denn eine Audienz bekommst«, erwiderte der Elf schnippisch.

»Das werde ich!« Mailin streckte selbstbewusst das Kinn vor. »Richtet dem König aus, dass eine der Pferdehüterinnen ihn sprechen möchte. Es geht um das Leben von Prinz Liameels Fohlen.«

Der Elf stutzte. »Prinz Liameels Fohlen?«

»Genau.« Mailin nickte. »Bitte beeilt Euch, es ist wirklich sehr wichtig.«

»Nun gut.« Endlich schien der Elf bereit, Mailin behilflich zu sein. »Aber du rührst dich nicht von der Stelle, verstanden? Ich werde sehen, was ich für dich tun kann.«

»Danke.« Mailin setzte ihr freundlichstes Lächeln auf. »Macht Euch keine Sorgen, ich werde hier warten, bis Ihr zurück seid.« Mit diesen Worten hockte sie sich auf die oberste Stufe, schlang die Arme um die Knie und lauschte den Schritten des Wachpostens, die sich in der kuppelartigen Eingangshalle langsam entfernten.

Warten war nicht gerade eine von Mailins Stärken und es hielt sie nicht lange auf den Stufen. Bald war sie wieder auf den Beinen und schritt ungeduldig im Eingang zum Palast auf und ab.

Ein paar Bedienstete kamen die Treppe herauf und

warfen ihr verwunderte Blicke zu, doch Mailin beachtete sie nicht. Ihre Gedanken waren bei Shadow. Sie hatte das Fohlen seit dem Morgen nicht mehr gesehen und die bange Frage, ob ihre Hilfe nicht längst zu spät kommen würde, beunruhigte sie mehr, als sie sich eingestehen wollte.

Wie lange würde sie noch warten müssen?

Gerade als sich Mailin dazu entschloss, jede Hofsitte zu missachten und selbst zum König zu gehen, kam die Wache zurück. Das Gesicht des Elfen war ernst und verschlossen. Schweigend trat er vor Mailin und nickte knapp.

»Der König erwartet dich im Audienzzimmer«, sagte er in einem Ton, als ob Mailins Empfang eine persönliche Niederlage für ihn bedeutete. »Folge mir.«

Eine schlaflose Nacht

»Neunzehn!« Julia hauchte in ihre klammen Hände. Seit über zwei Stunden wusch, kämmte und flocht sie nun schon an Spikeys üppiger Mähne und die ungebändigten Haare schienen kein Ende nehmen zu wollen. Inzwischen war Julia klar, dass sie viel zu dünn geflochten hatte. Aus den geplanten zwanzig Zöpfen würden mindestens dreißig werden.
Mittlerweile war es völlig dunkel geworden, aber das Viereck war beleuchtet. Vier große Flutlichtlampen, die Frau Deller, die Inhaberin des Reiterhofs, extra für die abendlichen Vorbereitungen hatte aufstellen lassen, spendeten genügend Licht, um auch das letzte widerspenstige Härchen zu finden.
Julia machte sich wieder an die Arbeit. Abgesehen von der Kälte waren die Umstände ganz annehmbar, nur lief ihr allmählich die Zeit davon.
»Das sieht toll aus«, lobte Carolin über Derrys Rücken hinweg. »Wie viele Zöpfe hast du schon?«
»Zwanzig«, antwortete Julia und griff nach der Schere, um die Fransen der Zöpfe abzuschneiden. »Aber ich muss mindestens noch zehn flechten, weil ich viel zu dünn begonnen habe.«
»So ein Pech«, meinte Carolin. »Dafür sieht es bestimmt supergut aus, wenn es fertig ist. Ich habe lan-

ge nicht so viele und trotzdem keine Lust mehr.
Noch zwei, dann hab ich es geschafft. Sag mal, ist dir
auch so kalt?«

»Ja.« Julia strich über die große, karierte Decke, die
sie Spikey über den Rücken gelegt hatte. »Im Gegensatz zu uns haben es die Pferde wenigstens warm.«

»Stimmt.« Carolin grinste. »So, jetzt kommt der vor-
letzte Zopf.«

Julia warf einen Blick auf die Armbanduhr. Schon
nach halb acht. Sie würde sich mächtig beeilen müssen, wenn sie alles bis halb neun eingeflochten haben
wollte.

Allmählich verlor Spikey die Geduld. Er scharrte mit
dem Vorderhuf, schnaubte und peitschte mit dem
Schweif. Dreimal riss er Julia die langen Schweifhaa-
re aus der Hand, bevor sie endlich mit dem Mozartzopf anfangen konnte.

»Na, Spikey! Hast wohl auch langsam genug, wie?«
Carolin tätschelte das gescheckte Pony am Hals.
»Schicke Rastazöpfe!«, meinte sie.

»Ist Derry schon in der Box?«, fragte Julia ohne auf-
zublicken.

»Hab ihn gerade hingebracht. Ich gebe zu, meine
Zöpfe sind nicht so prächtig geworden wie das, was
du hier zauberst, aber besser ging es nicht.«

»Wie weit ist Svea?«, wollte Julia wissen.

»Ich glaube, sie flicht nur noch Yasmins Stirnhaare.«

»Aha.« Julia warf einen gehetzten Blick auf die Uhr.
Gleich halb neun. Sveas Mutter konnte jeden Au-

genblick kommen – und sie hatte den Mozartzopf noch nicht einmal zur Hälfte fertig.

Dass sie es schließlich doch noch schaffte, Spikey rechtzeitig in den Stall zu bringen, verdankte sie der Tatsache, dass sich Sveas Mutter wegen der glatten Straßen reichlich verspätete.

»Schlaf gut«, flüsterte Julia ihrem Pflegepony zu, als sie die Boxentür schloss. »Wir schaffen das morgen schon«, sagte sie mit einem Blick auf Spikeys frisch gewaschenes Fell. »Und äppel dich heute Nacht bloß nicht voll.«

Spikey schnaubte und schüttelte die geflochtene Mähne. Dann schnappte er sich die dicke Möhre, die Julia ihm zum Abschied entgegenhielt, und blickte ihr genüsslich kauend nach.

Es war fast Mitternacht, als Julia endlich unter ihre Bettdecke schlüpfte. Sie hatte noch die fehlenden Schleifen gebunden und danach so lange ferngesehen, bis ihr die Augen zufielen. Eigentlich wollte sie wach bleiben, bis ihre Eltern zurückkehrten, doch der Gedanke an ihr warmes, weiches Bett war zu verlockend gewesen und sie hatte es nicht länger auf dem Sofa ausgehalten.

Obwohl sie hundemüde war, wollte sich der Schlaf dann doch nicht einstellen. Immer wieder musste Julia an die Prüfung denken. Um sich abzulenken, ließ sie den Blick durch ihr Zimmer wandern. Der leichte Schneefall hatte aufgehört und inzwischen war der Vollmond hinter den Wolken hervorgekommen. Wie ein übergroßes silbernes Nachtlicht sandte er seine Strahlen in Julias Zimmer. Sie hatte die Vorhänge nicht zugezogen, weil sie den Mondschein so sehr liebte.

Plötzlich musste sie an Mailin denken. Deutlich hatte sie das Bild des Elfenmädchens vor Augen, das über den Apfelbaum vor dem Fenster in ihr Zimmer gestiegen war. Es war, als wäre es gestern gewesen, und doch lag das unglaubliche Abenteuer, das Julia mit Mailin erlebt hatte, schon über ein halbes Jahr zurück.

Je mehr Zeit verstrich, desto häufiger erwischte sich Julia bei dem Gedanken, alles nur geträumt zu haben. Doch wenn sie in ihr Zimmer kam und den Langbogen mit dem Köcher an der Wand hängen sah, wusste sie, dass das nicht stimmte.

Julia erzählte allen, der Bogen wäre ein Geschenk von Susanna Meinert aus den USA. Sie log nicht gern, aber in diesem Fall konnte sie nicht anders, und die Geschichte, dass Susanna ihren Eltern den Bogen bei einem Besuch als Dankeschön dafür mitgegeben hätte, dass Julia sich um Spikey kümmerte, stellte niemand in Frage.

Susanna! In vier Monaten würde sie zurück sein und sich wieder selbst um das gescheckte Pony kümmern. Der Gedanke brach Julia fast das Herz. Sie liebte Spikey inzwischen so sehr, dass sie sich ein Leben in Neu Horsterfelde ohne ihn nicht mehr vorstellen konnte. Seit sie hierher gezogen waren, verbrachte sie fast ihre gesamte Freizeit mit dem Pony auf der Danauer Mühle. Nicht zum ersten Mal ertappte sich Julia dabei, wie sie verzweifelt nach einer Lösung für das Problem suchte, aber auch diesmal kam sie zu keinem Ergebnis.

Julia gähnte. Mit ihren Eltern konnte sie auch nicht darüber reden. Mehr als ein schulmeisterliches: »Du hast es von Anfang an gewusst, Kind«, war von ihnen nicht zu erwarten.

Svea und Carolin hingegen schienen vergessen zu haben, dass Julia Spikey nur für ein Jahr in Pflege genommen hatte. Die beiden hatten vermutlich noch keinen einzigen Gedanken daran verschwendet, was passieren würde, wenn Susanna nach Deutschland zurückkehrte.

Julia zog sich die Decke bis zum Kinn und starrte zum Fenster hinaus. Vier Monate sind eine lange Zeit, tröstete sie sich. Da kann noch viel geschehen.

Der melodische Gesang einer Amsel, die ihr Nest in einer großen Zypresse auf dem Nachbargrundstück baute, weckte Julia lange bevor der Wecker klingelte. Verschlafen blickte sie auf die Uhr und zog sich das Kissen über den Kopf, um das Getriller zu dämpfen, hatte damit jedoch wenig Erfolg.

Der stimmgewaltige Vogel hatte sich für sein frühmorgendliches Konzert ausgerechnet den höchsten Ast des Apfelbaums vor Julias Fenster ausgesucht und pfiff sein Lied unermüdlich der aufgehenden Sonne entgegen.

»Ruhe!«, murmelte Julia ärgerlich, wohl wissend, dass es die Amsel nicht die Bohne interessierte, ob sie noch schlafen wollte.

In der Hoffnung, dass sie sich beim ersten Mal verguckt hatte, riskierte sie einen zweiten Blick auf den Wecker, doch auch jetzt standen beide Zeiger genau zwischen der Sechs und der Sieben. »Halb sieben!« Sechs Stunden Schlaf waren nicht gerade viel. Trotzdem war sie jetzt wach.

Sie blieb noch eine halbe Stunde im Bett liegen und beobachtete, wie es draußen langsam hell wurde. Und während im Garten immer mehr Vögel in den sonntäglichen Chor einstimmten, war Julia in Gedanken schon auf dem Reiterhof.

Ein teuflischer Plan

»... du glaubst also, dass die Mutter Mongruad, die Erdgöttin persönlich, dir dieses seltsame Blatt gegeben hat?« In der Stimme des Elfenkönigs war Zweifel zu hören und auf seiner Stirn zeigten sich nachdenkliche Falten.
»Sie erschien mir im Traum und gebot mir, nach dieser Pflanze zu suchen.« Mailin nickte. »Als ich erwachte, fand ich das Blatt auf meiner Brust. Es sieht genauso aus wie das, das die Erdgöttin mir im Traum gezeigt hat.«
»Was haltet Ihr davon?«, wandte sich der Elfenkönig an die Mondpriesterin Lavendra, die neben ihm in einem der bequem gepolsterten Sessel saß und Mailin aufmerksam musterte. Die oberste Priesterin und engste Vertraute des Königs trug eine dunkelblaue, mit aufwendigen silbernen Stickereien verzierte Robe und hatte ihr langes blaugraues Haar zu einem breiten Ring geflochten, der ihren Hinterkopf wie ein Heiligenschein einrahmte. Auf die Frage des Elfenkönigs hin maß sie Mailin mit einem Blick, der bis in die hintersten Winkel ihres Bewusstseins vorzudringen schien.
Mailin erschauerte. Sie fühlt es!, schoss es ihr durch den Kopf. Sie spürt, dass ich lüge. Und wie zur Be-

53

stätigung hörte sie die Priesterin mit samtener Stimme sagen: »Ich kann mir nicht vorstellen, dass die heilige Mongruad zu einer gewöhnlichen Pferdehüterin spricht. Um solche Visionen zu empfangen bedarf es einer langen Ausbildung und der Fähigkeit zu tiefer Meditation. Ich denke, das Mädchen hat sich die Geschichte ausgedacht, um sich wichtig zu machen.«

»Das ist nicht wahr«, platzte Mailin heraus. Die Sorge, dass Shadows Heilung an den Einwänden der Mondpriesterin scheitern könnte, ließ sie alle Förmlichkeiten vergessen. »Ihr müsst diese Pflanze suchen lassen«, flehte sie den König an. »Bitte! Sonst wird Prinz Liameels Fohlen sterben.«

»Wie kannst du so etwas behaupten, Mädchen!«, fuhr Lavendra sie an. »Die besten Heilerinnen des Landes kümmern sich um Staja-Ame.«

»Er wird sterben!«, beharrte Mailin unter Tränen. »Nur diese Heilpflanze kann ihn noch retten.«

»Ein Streit führt uns nicht weiter«, beendete der Elfenkönig das Wortgefecht. Er hob die Hand und winkte einen der beiden Diener herbei, die neben der Tür bereit standen.

»Mein König?« Mit lautlosen Schritten huschte der Diener heran und verbeugte sich.

»Geh in die Stallungen«, befahl der König, »und schick eine der Heilerinnen zu mir, die sich um das Pferd meines Sohnes kümmern. Ich möchte wissen, wie es um das Fohlen steht.«

»Wie Ihr wünscht.« Der Diener verbeugte sich und verließ eilig den Raum.

»Aber die Heilerinnen haben Euch gerade erst Bericht erstattet.« Lavendra schüttelte verständnislos den Kopf. »Ich wüsste nicht, was es so schnell Neues zu berichten gäbe.«

»Wir werden sehen.« Der Elfenkönig musterte Mailin mit einem schwer zu deutenden Blick. »Deine Geschichte ist fürwahr nicht eben glaubhaft«, sagte er milde. »Doch die Königin und ich machen uns große Sorgen um Staja-Ame.«

Mailin nickte, sagte aber nichts. Der König benutzte selbstverständlich Shadows richtigen Namen, der in der Sprache der Elfen so viel bedeutete wie »Weißer Pfeil«. Sie selbst fand den Namen für ein schwarzes Fohlen nicht gerade passend und nannte den kleinen Hengst daher Shadow. Aber das wusste keiner außer Enid, Fion und ihr.

Nachdem sie eine Weile schweigend gewartet hatten, wurde die Tür erneut geöffnet und eine sehr junge Heilerin, an deren Novizinnengewand Strohreste aus den Stallungen hingen, betrat den Raum.

»Mein König«, sagte sie und verneigte sich ehrfürchtig, bevor sie der Aufforderung des Elfenkönigs nachkam und neben Mailin Platz nahm.

»Ich habe dich rufen lassen«, begann der König, »um von dir eine ehrliche Auskunft über Staja-Ames Befinden zu erhalten.« Mailin sah, wie die Novizin bei diesen Worten zusammenzuckte und leicht errötete.

55

»Ich ..., die anderen ..., man hat Euch doch heute
Morgen einen ausführlichen Bericht zukommen lassen«, wich sie aus.

»Den habe ich gelesen«, erwiderte der König. »Er
war umständlich und vage geschrieben und gab
Anlass zur Hoffnung. Aber diese Pferdehüterin«, er
deutete auf Mailin, »behauptet nun, dass Staja-Ame
sterben wird, weil es für sein Leiden kein geeignetes
Heilmittel gibt.« Er beugte sich vor und sah der
Heilerin tief in die Augen. »Sag mir, ist das wahr?«

»Nun, also ...« Die Novizin rutschte unruhig auf
dem Stuhl hin und her und knetete verlegen die
Hände im Schoß. »Verzeiht, aber ich bin nur eine
Heilerin unteren Ranges«, gab sie zu bedenken. »Um
diese Frage zu beantworten, solltet Ihr eine der rang-
höheren Heilerinnen zu Euch kommen lassen.«

»Du bist hier, und ich frage dich.« Der König wurde
allmählich ungeduldig. »Du bist eine Angehörige der
königlichen Pferdeheilerinnen und kannst offen
sprechen. Ich versichere dir, niemand wird etwas von
dieser Unterredung erfahren. Also?«

»Es ..., es sieht schlecht aus.« Die junge Heilerin
schluchzte und schlug die Hände vor das Gesicht.
Ihre Schultern bebten. »Die Heilerinnen, die Ihr gerufen habt, können das Fieber zwar senken, doch es
will nicht weichen. Das Fohlen frisst auch nicht. Wir
haben alles versucht, aber ...«

»Also ist es wahr.« Der Elfenkönig hatte genug
gehört. Man hatte ihn die ganze Zeit im Unklaren

darüber gelassen, wie es wirklich um Prinz Liameels Fohlen stand.

Seufzend erhob er sich, trat zum Fenster und blickte hinaus. »Ich danke dir für deine Offenheit«, wandte er sich mit matter Stimme an die Novizin, die noch immer weinend auf dem Stuhl saß. »Du hast uns sehr geholfen – und vielleicht dazu beigetragen, dass Staja-Ame doch noch gesund wird.«

Die junge Heilerin erhob sich und verbeugte sich tief. Verstohlen wischte sie die Tränen auf den Wangen mit dem Ärmel ihres Gewandes fort. Dann verließ sie eilig den Raum.

Als sich die Tür hinter ihr schloss, blieb das Knistern des Feuers im Kamin lange das einzige Geräusch im Raum. Angesichts der ungeheuerlichen Tatsache, dass die Heilerinnen den König bewusst falsch informiert hatten, wagte Mailin nicht, die Stimme zu erheben. Auch Lavendra schwieg. Das Gesicht der Mondpriesterin war zu einer ausdruckslosen Maske erstarrt. Nichts ließ ahnen, was sie gerade dachte.

»Reiche mir das Blatt.« Der Elfenkönig wandte sich vom Fenster ab und trat auf Mailin zu, die ihm das getrocknete Blatt wie eine Kostbarkeit auf der flachen Hand entgegenstreckte.

»Werdet Ihr danach suchen lassen?«, fragte sie.

»Es scheint unsere letzte Hoffnung zu sein.« Der König ergriff den Stiel des Blattes vorsichtig mit Daumen und Zeigefinger und hielt es gegen das Licht. »Ich werde Zeichnungen davon anfertigen lassen und meine Männer noch heute ausschicken, um dieses Gewächs zu suchen.«

»Das dauert viel zu lange und ist auch nicht nötig.« Lavendra lächelte. »Ich könnte mit Hilfe des Blattes magische Suchquarze herstellen. Sobald Eure Männer in die Nähe der gesuchten Pflanze kommen, wird der Quarz aufleuchten. So werden sie das Heilmittel viel schneller finden.«

Mailin traute ihren Ohren nicht. Die Mondpriesterin wollte helfen, Shadow zu retten? Sollte sie sich in Lavendra getäuscht haben?

»Das ist eine ausgezeichnete Idee«, hörte sie den König sagen. »Wie lange wird es dauern, bis wir die Quarze haben können?«

»Eine Stunde.« Lavendra erhob sich und streckte die Hand nach dem getrockneten Balsarisblatt aus. »Ich werde sofort mit der Arbeit beginnen.«

»Danke, Lavendra«, sagte der König und reichte der Mondpriesterin das Blatt. »Mit deiner Hilfe wird es uns sicher gelingen, die Heilpflanze zu finden.«

»Wenn es tatsächlich eine Heilpflanze ist.« Lavendra drehte das getrocknete Blatt prüfend in den Händen, bevor sie das Wort wieder an den König richtete. »Nun, ich werde mein Bestes tun. Mit Eurer Erlaubnis ziehe ich mich anschließend in die Bibliothek zurück, um herauszufinden, ob und wie aus der Wunderpflanze ein Heiltrank gegen Staja-Ames Leiden hergestellt werden kann.«

»Hervorragend.« Der König nickte. »Dann können

die Hofheilerinnen mit der Arbeit beginnen, sobald meine Männer mit den Pflanzen zurückkehren.« Plötzlich verdunkelte sich seine Miene. »Die fremden Heilerinnen hingegen werde ich unverzüglich nach Hause schicken.«

»Seid nicht zu streng mit ihnen.« Lavendra setzte ein gewinnendes Lächeln auf. »Ihr habt versprochen, dass das Gespräch mit der Novizin nicht öffentlich gemacht wird. Ich bin sicher, die Heilerinnen wollten nur verhindern, dass Ihr Euch unnötig sorgt.«

»Dennoch, eine Lüge bleibt eine Lüge«, beharrte der König. »Ganz gleich aus welchem Grund sie ausgesprochen wurde.«

»Vergesst nicht, sie haben getan, was in ihrer Macht stand«, gab die Priesterin zu bedenken.

»Ja, das haben sie«, gab der Elfenkönig zu. »Doch, wenn dieses Mädchen«, er deutete auf Mailin, »nicht gekommen wäre und ich mich nicht noch einmal nach dem Befinden des Fohlens erkundigt hätte, wäre es vermutlich gestorben.« Aufgebracht schritt der König im Zimmer auf und ab. »So ein Verhalten kann ich nicht dulden. Ich werde die Heilerinnen nicht bestrafen, aber ich werde ihnen noch heute mitteilen lassen, dass sie in ihre Heimatdörfer zurückkehren können.«

Lavendra neigte das Haupt, um sich vom König zu verabschieden. »Mit Eurer Erlaubnis werde ich mich jetzt an die Arbeit machen.« Sie verließ den Raum, ohne Mailin eines Blickes zu würdigen.

Kaum war Lavendra allein, erstarb ihr freundliches Lächeln und wich einer grimmigen Entschlossenheit. Wie kam diese Pferdehüterin bloß an ein Blatt des Balsariskrautes? Erdgöttin! Sie schnaubte verächtlich. Das Mädchen glaubte doch nicht im Ernst, dass sie auf dieses Märchen hereinfiel. Nein, jemand musste ihr das Blatt gegeben haben, da war sich Lavendra ganz sicher. Und wer immer es war, wusste offensichtlich gut Bescheid. Von nun an würde sie wachsam sein müssen, denn dieser Jemand schien auch zu wissen, dass Staja-Ame in der Welt der Menschen gewesen war. Aber wer konnte es sein? Während Lavendra mit großen Schritten durch die Flure des Palastes eilte, wanderten ihre Gedanken zurück zu dem Tag, an dem sie bemerkt hatte, dass ihr Plan, das Fohlen auszutauschen, fehlgeschlagen war. Statt des magischen Zwillingsfohlens stand wieder Staja-Ame auf der Weide. Trotz aller Bemühungen war es ihr bisher nicht gelungen herauszufinden, wer das Fohlen zurückgeholt hatte. Wer immer dahintersteckte, konnte natürlich auch den Zusammenhang zwischen der Entführung und der Krankheit des Fohlens erkennen.

Die Erdgöttin! Selbst für Priesterinnen war es eine enorme Leistung, die Weisungen der Mutter Mongruad in tiefer Trance zu empfangen. Meist waren sie verworren und schwer zu deuten und es bedurfte einer jahrelangen Erfahrung, um den Sinn einer solchen Botschaft zu entschlüsseln. Und nun kam diese

Pferdehüterin und behauptete, die Erdgöttin sei ihr im Traum erschienen und hätte zu ihr gesprochen. Entweder das Mädchen log, oder jemand hatte sie unbemerkt für seine Zwecke benutzt, um selbst unerkannt zu bleiben.

In jedem Fall würde sie diese Mailin von nun an im Auge behalten. Irgendwo im Umfeld des Mädchens gab es jemanden, der alles daransetzte, ihre fein gesponnenen Intrigen zu vereiteln – und diesen Jemand galt es zu finden.

Doch zunächst musste sie etwas tun, das weitaus wichtiger war. Damit meinte sie nicht nur die Suchquarze. Ohne innezuhalten betrat Lavendra ihre privaten Gemächer und eilte auf eine unscheinbare Tür im hinteren Teil des Raumes zu. Ein Fingerzeig von ihr genügte, und die Tür öffnete sich. Dahinter lag eine lange, gewundene Treppe, die in den Keller hinabführte.

Ein kühler Luftzug, der neben dem Geruch von Moder und Fäulnis auch den würzigen Duft von Kräutern in sich trug, strömte die Stufen herauf und drang in das warme Arbeitszimmer. Lavendra nahm eine Öllampe aus der Halterung neben der Tür, bückte sich und schlüpfte durch die Öffnung. Lautlos huschte sie die Stufen hinunter, während sich die Tür wie von Geisterhand hinter ihr schloss.

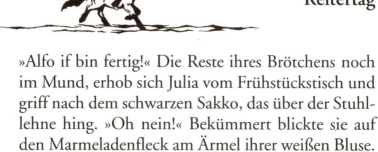

Reitertag

»Alfo if bin fertig!« Die Reste ihres Brötchens noch im Mund, erhob sich Julia vom Frühstückstisch und griff nach dem schwarzen Sakko, das über der Stuhllehne hing. »Oh nein!« Bekümmert blickte sie auf den Marmeladenfleck am Ärmel ihrer weißen Bluse. »Ich hab dir doch gesagt, du sollst dich erst nach dem Frühstück anziehen.« Ihre Mutter ging in die Küche, um einen feuchten Lappen zu holen. »Ganz wird das natürlich nicht mehr herausgehen«, meinte sie, als sie zurückkehrte. »Zeig mal her.«

Julia streckte ihr den rechten Arm entgegen. »Zum Glück ist da schon der Ärmel vom Sakko drüber«, brummte sie schuldbewusst.

»Es wäre trotzdem nicht passiert, wenn du zur Abwechslung mal auf mich gehört hättest.« Anette Wiegand schrubbte eine Spur zu grob auf der Bluse ihrer Tochter herum. Ein sicheres Zeichen dafür, wie ärgerlich sie war. »Aber Madam hat ja immer ihren eigenen Kopf.« Sie hielt den Ärmel prüfend in das Licht. »So, besser geht es nicht.«

»Danke!« Julia drückte ihrer Mutter einen Kuss auf die Wange. »Wird schon keiner sehen.« Sie grinste. »Das nächste Mal höre ich ganz bestimmt auf dich. Großes Tochter-Ehrenwort.«

»Oh, das hört sich aber feierlich an!« Julias Vater erschien im Türrahmen. »Daran werde ich dich bei Gelegenheit erinnern«, sagte er schnippisch. »Kann es losgehen?«

»Ich bin so weit, und du?« Julia musterte ihren Vater mit einem abfälligen Blick. Dass er unrasiert war, wäre noch zu ertragen gewesen, aber dass er sie in seinen ausgebeulten Joggingklamotten zum Reiterhof fahren wollte, war ihr wirklich peinlich.

»Gefalle ich dir etwa nicht?« Martin Wiegand zupfte mit spitzen Fingern an seiner schwarzen Trainingshose und drehte eine Pirouette. »Also für jemanden, der wie ich die ganze Woche im unbequemen Anzug im Büro sitzen muss, ist das genau das richtige Wochenend-Outfit, findest du nicht?«

Julia murmelte etwas Unverständliches und zog eine Grimasse. Dann schlüpfte sie an ihrem Vater vorbei auf den Flur, um sich die hochglanzpolierten Reitstiefel anzuziehen.

»Außerdem möchte ich noch eine Runde joggen, bevor ich frühstücke«, erklärte ihr Vater. »Wir Bürohengste kriegen so wenig von der Frühlingsluft mit«, stöhnte er mitleiderregend, »da muss man jeden freien Tag nutzen.«

»Schon gut.« Julia warf einen Blick auf die Uhr in der Küche. Viertel vor neun, sie hatte noch etwas Zeit. »Du willst doch nicht am Reiterhof aussteigen?«

»Wenn ich dir dort etwas helfen soll ...«

»Äh, nein, nein.« Julia winkte dankend ab. »Ist nicht

nötig, es reicht, wenn du mich oben an der Straße herauslässt.« … wo niemand meinen schlampigen Vater sehen kann, fügte sie in Gedanken hinzu.

»Für die Prüfung zieht sich Vati natürlich um«, mischte sich ihre Mutter in das Gespräch ein, als hätte sie Julias Gedanken gelesen.

»Och, muss ich wirklich?«, maulte ihr Vater in gespieltem Bedauern.

»Martin!«

»Schon gut. Ich werde mal sehen, ob ich was Passendes im Schrank finde.« Martin Wiegand grinste spitzbübisch und zwinkerte Julia zu.

Die hatte sich schon ihre Daunenjacke übergezogen, die Gerte geholt und den Reithelm unter den Arm geklemmt. Abfahrbereit wartete sie an der Haustür.

»Taxi!«, rief sie ungeduldig.

»Viel Spaß, Julia! Und viel Erfolg.« Anette Wiegand hob beide Fäuste in die Höhe.

»Danke! Also dann bis um elf.« Julia drückte die Türklinke hinunter und trat ins Freie. Die Sonne schien hell von einem klaren Himmel, aber warm war es nicht. Ihr Atem stieg in weißen Wölkchen in die Luft und die Kälte des gefrorenen Bodens drang trotz der Reitstiefel und dicken Socken an ihre Füße.

»Na, dann viel Vergnügen beim Joggen«, meinte sie spöttisch zu ihrem Vater, während sie schnell noch einmal kontrollierte, ob sie die weißen Handschuhe und die beiden Pappschilder mit der Startnummer bei sich hatte.

»Habe ich bestimmt.« Ihr Vater tat, als hätte er den bissigen Ton nicht gehört und stieg in den Wagen.

Fünf Minuten später holperte der Golf, den Julias Vater vor ein paar Wochen für ihre Mutter gekauft hatte, im Schritttempo den Weg zur Danauer Mühle entlang. »Wird höchste Zeit, dass hier ein anständiges Pflaster verlegt wird«, brummte er. »Sieh nur, was für tiefe Löcher in der Straße sind, da kann man sich glatt die Stoßdämpfer ruinieren.«

»Frau Deller hat gesagt, dass sie die Straße in den Sommerferien teeren lassen will«, erklärte Julia. »Sie findet, dass es keinen Sinn hat, die Löcher immer wieder aufzufüllen und zu planieren.«

»Damit hat sie sicher Recht«, meinte Julias Vater. »Das wird auf die Dauer mindestens genauso teuer wie einmal anständig teeren lassen.« Er deutete auf die vielen schicken Autos, die entlang des Schotterwegs parkten. »Zu dumm, dass das hier ein Privatweg ist, aber wenn man mehr solche Kundschaft will, muss man auch investieren.« Er bremste und schaltete den Motor aus. »So, alles aussteigen. Wir sehen uns dann um elf.«

»Sie erkennen mich an meinem ausgebeulten Jogginganzug«, zitierte Julia in abgewandelter Form aus irgendeinem Film.

Martin Wiegand lachte. »Keine Sorge, du wirst dich schon nicht für deinen Vater schämen müssen. Viel Erfolg!«

»Danke!« Julia warf die Beifahrertür ins Schloss.

65

Die Suche beginnt

Das flackernde Licht eines fünfarmigen Kerzenleuchters ließ verschwommene Schatten über die Wände des kühlen Kellerraumes tanzen und warf einen unheimlichen Schein auf das Gesicht der Mondpriesterin, die mit geschlossenen Augen vor einem runden Tisch stand. Vor ihr auf der hölzernen Platte lagen fünfundzwanzig blassrosa Steine in einem großen Kreis um das getrocknete Blatt des Balsariskrauts herum.

Magie lag in der Luft. Lavendras Lippen bewegten sich lautlos, während sie die Hände über den Steinen kreisen ließ.

Schon bald glomm im Innern der Steine ein winziger Funke auf. Ein leises Summen erfüllte den Raum, und das Licht in den Steinen pulsierte. Das Blatt in der Mitte erzitterte und fing an zu rotieren. Schneller und schneller drehte es sich, wirbelte um die eigene Achse – und zerfiel.

Das Summen schwoll an. Das Licht in den Steinen wurde grell. Plötzlich zuckte ein heller Blitz durch das Kellergewölbe und das Glühen erlosch. Ein kleiner brauner Staubhaufen war alles, was von dem getrockneten Blatt übrig blieb.

Lavendra öffnete die Augen und lächelte zufrieden.

Vorsichtig nahm sie einen der Steine zur Hand, hielt ihn vor die Kerzenflamme und betrachtete ihn prüfend. Tief im Innern war ein winziger dunkler Punkt zu erkennen. Es war vollbracht, der Zauber gelungen. Sie wusste, dass sie die Steine sofort nach oben bringen musste, denn Zeit war kostbar und die Männer des Königs warteten schon. Doch Lavendra war noch nicht fertig. Vorsichtig füllte sie die Überreste des Blattes in eine kleine Schale und trug sie zu einem Kohlebecken. Noch ein Zauber musste vollzogen werden, bevor die Männer aufbrechen konnten. Ein Zauber, der viel wichtiger war als diese lächerlichen Suchquarze. Die Magie, die sie nun anwenden wollte, würde nicht dem König, sondern allein ihren Zwecken dienen – und niemand würde etwas davon bemerken.

Im milden Licht der Nachmittagssonne beobachtete Mailin aus einiger Entfernung die zwanzig Reiter, die sich mit ihren Pferden am Fuß der langen Treppe vor dem Palast versammelt hatten und auf den Befehl warteten, mit der Suche zu beginnen. Die Männer trugen weiche, lederne Reitkleidung im traditionellen Grün der königlichen Jäger, einen Köcher mit Pfeilen und den langen Bogen aus Erlenholz. Ihre weißen Elfenpferde standen geduldig in einer Reihe und hatten die Köpfe stolz erhoben.
Gohin, der neben Mailin wartete, schnaubte nervös. Völlig unbeeindruckt von dem würdigen Verhalten

seiner Artgenossen scharrte er gereizt mit dem Vorderhuf und stupste Mailin immer wieder ungeduldig an. Er war schon fertig gesattelt und schien nicht zu begreifen, warum es so lange dauerte, bis der Ausritt begann. Tatsächlich wollte Mailin ihren freien Nachmittag für einen Ausflug mit Gohin nutzen, diesmal würde es allerdings kein gewöhnlicher werden.

Dass sie keinen Ärger wegen des versäumten Stalldienstes am Vormittag bekommen hatte, verdankte sie vor allem Fion, der neben dem eigenen auch noch Mailins Dienst übernommen hatte. Sie war ihm vorhin kurz in den Stallungen begegnet, doch die Zeit war für Erklärungen zu knapp gewesen. Sie hatte sich nicht einmal richtig bedanken können.

Bei dem Gedanken an Fions Hilfsbereitschaft lächelte Mailin gerührt und nahm sich vor, es irgendwann wieder gut zu machen. Fion war wunderbar. Ein Freund, auf den sie sich immer verlassen konnte.

Am Ende der Treppe regte sich etwas. Mailin sah, wie der König und Lavendra aus dem Palast traten und die Stufen hinuntergingen. Die Mondpriesterin hielt eine kleine Tonschale in den Händen, über die ein weißes Tuch gebreitet war. Die Jäger senkten die Blicke und verneigten sich ehrfürchtig.

»Ich danke euch, dass ihr meinem Ruf so schnell gefolgt seid«, sagte der König. »Heute soll kein Wild erlegt werden. Dennoch ist eure Aufgabe nicht leicht.« Er machte eine kurze Pause und sah die Reiter ernst an. »Es gilt, eine seltene Heilpflanze mit dem Namen

Balsariskraut zu finden, von der wir hoffen, dass sie das Fohlen des Prinzen Liameel wieder gesund machen kann. Wie ihr wisst, ist Staja-Ame schwer erkrankt. Das Heilmittel ist unsere letzte Hoffnung. Da uns nicht mehr viel Zeit bleibt, hat Lavendra einen Zauber gewoben, der euch bei der Suche helfen wird.« Er gab der Mondpriesterin ein Zeichen, worauf sie das Tuch, das die Tonschale bedeckte, entfernte. Darunter lag eine Vielzahl rosafarbener Steine, die im Sonnenlicht glänzten.

Der Elfenkönig nahm einen Stein aus der Schale und hielt ihn in die Höhe. »Diese Suchquarze hat Lavendra für euch geschaffen. Sobald ihr in die Nähe der seltenen Pflanze kommt, beginnt der Stein zu leuchten. Je näher ihr der Pflanze seid, desto stärker wird das Licht. Ganz sicher könnt ihr erst sein, wenn ihr ein Blatt des Gewächses berührt. Handelt es sich um die richtige Pflanze, erlischt das Glühen im Stein mit der Berührung.«

Ein erstauntes Murmeln ging durch die Reihen der Jäger, und der König hob gebietend die Hand. »Wartet! Ihr müsst unbedingt jede einzelne Pflanze mit dem Stein berühren. Tut ihr es nicht, reagiert der Stein auf die Pflanzen, die ihr bei euch tragt, und die Magie ist nicht mehr zuverlässig. Und noch etwas. Das Heilmittel für Staja-Ame lässt sich nur aus frischem, gesunden Balsariskraut gewinnen. Wartet also nicht zu lange mit der Rückkehr, sonst sind die Pflanzen nutzlos.«

Er nickte Lavendra zu. Die Priesterin trat mit der Schale in den Händen vor die Jäger und reichte jedem einen Stein. Mit einem geheimnisvollen Lächeln nahm sie anschließend wieder ihren Platz neben dem König ein.

»Ich wünsche euch viel Glück«, verabschiedete der Elfenkönig die Männer. »Die Mutter Mongruad möge euch leiten und die Suche zum Erfolg führen.«

Die königlichen Jäger verneigten sich erneut, saßen auf und ritten davon.

Als der Hufschlag verklang, wandten sich der König und die Mondpriesterin um und schickten sich an, wieder in den Palast zu gehen.

»Wartet bitte!« Mailin hatte bis zum letzten Augenblick gezögert, ob sie es wirklich wagen konnte, eine Bitte an den König zu richten.

Hin- und hergerissen zwischen der Angst, dass er sie auslachen oder, noch schlimmer, es ihr einfach verbieten würde, und dem Wunsch, die einmalige Chance zu nutzen, hatte sie bis zuletzt mit sich gerungen. Erst als es fast zu spät war, fasste sie sich ein Herz, schwang sich in den Sattel und ließ Gohin zum Fuß der Treppe traben.

»Mailin?« Der König sah sie verwundert an. »Was möchtest du?«

»Verzeiht, dass ich mich noch einmal an Euch wende.« Mailin deutete eine Verbeugung an. »Aber ich habe eine dringende Bitte an Euch.«

»So? Welche denn?« Der König wirkte kein bisschen

verärgert, als er die Stufen herunterkam und neben Mailin trat, die noch immer auf Gohins Rücken saß.

»Du hast mir heute einen großen Dienst erwiesen«, sagte er. »Es wäre mir daher eine Freude, wenn es etwas gäbe, womit ich mich bei dir erkenntlich zeigen kann.«

»Oh, das gibt es«, erwiderte Mailin aufgeregt. Das Herz klopfte ihr bis zum Hals. Obwohl der Elfenkönig sehr freundlich war, wagte sie kaum die Bitte auszusprechen.

»Nun?«, fragte der König.

Mailin holte tief Luft und gab sich einen Ruck. »Ich bitte um die Erlaubnis, auch nach der Heilpflanze suchen zu dürfen«, sagte sie mit fester Stimme.

»Du möchtest auch ...?« Der König runzelte die Stirn, doch dann hellten sich seine Züge auf und er winkte Lavendra heran, die auf halber Treppenhöhe wartete. Als die Priesterin neben ihm stand, griff er in den Korb und reichte Mailin einen der Suchquarze.

»Wir können jede Hilfe gebrauchen«, sagte er. »Ich wünsche dir viel Erfolg.«

»Danke!« Mailin presste den Stein freudestrahlend an sich. »Ich werde Euch nicht enttäuschen«, versprach sie. Dann verneigte sie sich noch einmal, ließ Gohin auf der Vorhand wenden und antraben.

Der König blickte ihr lächelnd nach. »Die junge Pferdehüterin ist wirklich rührend um Staja-Ame besorgt«, sagte er. »Ich kann nur hoffen, dass die Suche erfolgreich ist.«

71

Den geschliffenen rosa Stein sicher in der Tasche der ledernen Reithose verwahrt, jagte Mailin durch den Wald. Endlich konnte sie etwas für den kranken Shadow tun. Mit den Suchquarzen konnte es nicht allzu schwer sein, eine Balsariskrautpflanze zu finden.

Mailin lenkte Gohin den gleichen Weg entlang, den sie schon am Morgen geritten war. Sie hatte keine Ahnung, wo die königlichen Jäger mit der Suche begannen, doch das war auch nicht wichtig, sie wusste bereits, wohin sie wollte.

Bevor der König Enid in den Schweigewald verbannt hatte, erstreckten sich rings um das weitläufige, düstere Gehölz große Felder. Der Boden dort war fruchtbar und ertragreich und lag nicht allzu weit vom Hof des Königs entfernt. Mit der Zeit hatten sich die Bauern jedoch immer weiter von dem unheimlichen Wald zurückgezogen, was nicht zuletzt an den schauerlichen Geschichten lag, die man sich von Enid erzählte. Inzwischen waren die Felder verwildert. Nur einzelne Halme der Getreidesorten, die dort einmal angebaut worden waren, behaupteten sich noch zwischen den wilden Gräsern.

Wenn es irgendwo Reste von Balsariskraut gibt, dann dort, dachte Mailin und lenkte ihr Pferd auf einen umgestürzten Baum zu, der für einen gewagten Sprung wie geschaffen schien. Sie presste die Unterschenkel an Gohins Körper und neigte sich leicht nach vorn. Mehr war nicht nötig. Der Hengst spürte, was sie von ihm erwartete, und wechselte vom

Trab in den Galopp. Immer näher kam der Baumstamm. Mailin fühlte, wie Gohin die Vorderbeine anwinkelte, fasste die Zügel kürzer und schob die Hände seitlich neben dem Hals nach vorn, damit ihn die Zügel beim Sprung nicht behinderten. Kraftvoll stieß sich Gohin mit den Hinterbeinen ab, und der moosbewachsene Stamm verschwand unter ihnen. Einen herrlichen Moment lang glitten sie schwerelos durch die Luft. Dann berührten Gohins Vorderhufe wieder den Boden und federten den Sprung sanft ab. »Gut gemacht!«, lobte Mailin und klopfte ihm liebevoll den Hals. »Das hat dir auch gefehlt, nicht wahr?«, fragte sie schuldbewusst. »Ich weiß, in den letzten Tagen war es nicht leicht mit mir. Aber ich mache mir solche Sorgen um Shadow.«

Sie tastete mit der Hand nach dem Stein in ihrer Tasche. Hoffentlich fanden sie eine Heilpflanze, dann würde es dem kranken Fohlen bald besser gehen. Wieder wunderte sich Mailin darüber, dass Lavendra so hilfsbereit war. Sie war es doch gewesen, die Shadow in die Welt der Menschen entführt hatte. Dahinter steckte sicher irgendein gemeiner Plan.

Plötzlich fühlte Mailin, wie sich der Stein erwärmte. Neugierig zog sie ihn aus der Tasche und sah, dass er schwach leuchtete. Balsariskraut! Es musste sich ganz in der Nähe befinden! Vor Aufregung hämmerte ihr Herz wie wild. Sie hatte die alten Felder noch lange nicht erreicht und nicht damit gerechnet, so schnell fündig zu werden.

Mailin zügelte Gohin und streckte den Arm aus. Ohne den Stein aus den Augen zu lassen, deutete sie mit der flachen Hand in alle Himmelsrichtungen. Und wirklich, als sie in Richtung des Schweigewaldes zeigte, wurde das Glühen heller. Sie hatte richtig vermutet. Irgendwo auf den verwilderten Feldern musste es Balsariskraut geben!

Mailin schnalzte leise, ließ Gohin antraben und lenkte ihn zielstrebig in die Richtung, die der Suchquarz vorgab. In lockerem Trab ritten sie durch das lichte Unterholz, bis zwischen den Stämmen der hoch aufragenden Bäume eine ausgedehnte Wiese auftauchte. Die Strahlen der Nachmittagssonne fielen weit in den Wald hinein und Mailin blinzelte. Das Glühen des Steins war in dem Licht nur noch schwer zu sehen, deshalb beschattete sie den Suchquarz mit den Händen, um Veränderungen zu erkennen. Doch direkt am Waldrand leuchtete der Stein mit einem Mal so hell, dass sie absaß, um sich ein wenig umzusehen. Im Gegensatz zu den königlichen Jägern besaß sie einen entscheidenden Vorteil: Sie war die Einzige, die schon einmal ein Blatt der gesuchten Pflanze gesehen hatte.

Gebückt lief Mailin am Buschwerk entlang und suchte, wobei sie immer wieder einen Blick auf den Stein und den Boden zu ihren Füßen warf. Der Suchquarz strahlte inzwischen so hell, dass er sogar das Sonnenlicht übertraf, und Mailin war sicher, dass sie jeden Augenblick auf Balsariskraut stoßen würde.

74

In Gedanken malte sie sich bereits aus, wie es sein würde, wenn sie als Erste erfolgreich zurückkehrte. Vielleicht würde der König ihr für die Rettung des königlichen Fohlens sogar das so begehrte silberne Efeublatt überreichen, eine Auszeichnung, die sonst nur altgediente Pferdehüter erhielten.

Mailin schüttelte den Kopf, wie konnte sie nur an so etwas denken! Das Wichtigste war doch, dass Shadow wieder gesund wurde. Ihn wieder übermütig im Mondschein über die Weide springen zu sehen war wertvoller als jede Auszeichnung.

Plötzlich entdeckte sie etwas. Zwischen zwei Brombeerbüschen standen mehrere Triebe einer Pflanze, deren fünffingrige Blätter große Ähnlichkeit mit dem Blatt besaßen, das Enid ihr mitgegeben hatte – Balsariskraut!

Doch als Mailin näher trat, um das Kraut genauer anzusehen, schlug ihre Freude in bittere Enttäuschung um. Ja, sie hatte eine Balsariskrautpflanze gefunden, doch die Blätter hingen schlaff und braun hinunter. Die Pflanze war verdorrt.

Mailin kehrte zu Gohin zurück, der am Waldrand auf sie wartete. »Ach, Gohin!«, seufzte sie, schlang die Arme um seinen Hals und legte die Stirn auf sein sonnenwarmes Fell. »Was für ein Pech! Wir waren so dicht dran, und dann das!«

Warum musste ausgerechnet die Pflanze, die sie entdeckt hatte, verwelken? Wie viele Jahre mochte sie dort gestanden haben, ohne dass jemand nach ihr ge-

75

sucht hatte? Und gerade jetzt, wo Shadow ... Mailin schluchzte. Die Lage schien aussichtslos. Aber einfach aufzugeben lag nicht in ihrer Natur. Wo es eine Pflanze gab, mussten weitere zu finden sein. Entschlossen wischte sie die Tränen fort und straffte sich. »Wir schaffen das«, sagte sie zu Gohin. »Der Tag ist noch lang und wir haben gerade mit der Suche begonnen.« Voller Tatendrang schwang sie sich in den Sattel und führte Gohin auf die Wiese hinaus. Der Suchkristall lag wieder kühl und dunkel in ihrer Hand. Wie es der König vorhergesagt hatte, war er erloschen, als Mailin die vertrockneten Blätter des Balsariskrauts berührte.

Mailin ließ den Kristall nicht aus den Augen. Irgendwo in der Nähe musste es noch andere Heilpflanzen geben, dessen war sie sich sicher.

»Närrisches Stallmädchen!« Lavendra lachte verächtlich und machte eine streichende Handbewegung über der flachen Wasserschale, die vor ihr auf dem Tisch stand. Der Anblick des Elfenmädchens, das über die Wiese ritt, verschwand und wich einem anderen, ganz ähnlichen Bild. Ein Elf in der grünen Kleidung der königlichen Jäger blickte fassungslos auf einen verdorrten Balsariskrauttrieb in seinen Händen. Lavendra nickte zufrieden. Der Zauber hatte gewirkt. Alle Balsariskrautpflanzen im Königreich waren verdorrt und das Fohlen würde den lebensrettenden Heiltrank niemals erhalten.

Dressurprüfung

»Schon fast halb zwölf.« Ungeduldig sah Svea auf die Uhr. »Und die einfachen Reitwettbewerbe sind noch immer nicht zu Ende.«
»Hier steht, dass noch drei Gruppen vor uns dran sind.« Carolin wedelte mit dem Programmzettel vor Julias Nase herum, die neben ihren beiden Freundinnen auf der hölzernen Empore der grünen Halle saß und die Wettbewerbe von oben beobachtete.
»He, lass das!« Julia drückte Carolins Arm hinunter. »Ich kann nichts sehen.«
»Also, ich hab schon genug gesehen.« Svea gähnte. »Die letzten drei Gruppen des Führzügelwettbewerbes, fünf Reitwettbewerbe im Schritt und Trab, drei in allen Grundgangarten ...«
»... und dann war noch die Presse da und hat alles aufgehalten ...«, ergänzte Carolin.
»... und inzwischen schlagen wir hier Wurzeln«, beendete Julia den Satz.
»Oder Yasmin äppelt sich voll.« Carolin rümpfte die Nase.
»Mal bloß nicht den Teufel an die Wand«, meinte Svea. »So was hat mir gerade noch gefehlt.«
»Hey, da unten sind meine Eltern.« Julia winkte in ihre Richtung. Laut rufen wollte sie nicht, weil der

77

Reitwettbewerb in der Halle noch in vollem Gange
war. »Schade, sie sehen nicht hoch«, sagte sie und
senkte den Arm, um die Pferde unten im Wettbe-
werb nicht zu stören.

»Vielleicht denken sie, du warst schon dran?«, mut-
maßte Svea. Sie war ein bisschen traurig, weil ihre
Eltern nicht zusehen konnten. Ihr Vater musste an
diesem Sonntag arbeiten, ihre Mutter hatte über
Nacht eine Grippe bekommen und lag im Bett.

»Glaub ich nicht«, erwiderte Julia. »In Auerbach lief
das Programm meistens auch nicht pünktlich ab.
Einmal musste ich zwei Stunden warten, weil die
Kostümpaarklasse vorgezogen wurde.«

»Zwei Stunden.« Carolin schüttelte den Kopf. »Da
wäre ich wieder nach Hause gefahren.«

»Ich glaube, wir sollten allmählich zu den Ponys gehen.« Svea erhob sich von dem dicken Brett, das ihr
als Sitzbank diente. »Noch zwei Gruppen, dann sind
wir dran.«

»Eine Dreiviertelstunde zu spät.« Carolin seufzte.
»Nur gut, dass die Halle heute beheizt ist«, meinte sie
grinsend. »Sonst würde ich morgen deiner Mutter
Gesellschaft leisten.«

Sie fügte noch etwas hinzu, doch die Worte gingen
im lauten Beifall der Zuschauer unter, weil nun die
Platzierungen der Reiter bekannt gegeben wurden.
So folgte sie Julia und Svea, die schon die Treppe der
Empore hinunterkletterten. Gemeinsam zwängten
sich die drei durch die Menge, die die Verleihung der

78

Schleifen unter Klatschen verfolgte, und liefen zu ihren Ponys.

Zehn Minuten später standen sie aufgeregt vor dem Tor der grünen Halle und warteten. Obwohl es inzwischen ein paar Grad wärmer geworden war und die Sonne ihnen auf den Rücken schien, froren sie in den dünnen Blusen und Sakkos und traten ungeduldig von einem Bein aufs andere.

»Nanu? Sind wir drei die Einzigen, die sich für die M-Dressurprüfung angemeldet haben?« Svea blickte sich suchend um.

»Sieht ganz so aus.« Carolin rieb sich die Hände und hauchte sie an, um sie aufzuwärmen. »Ich hab aber nicht auf den Plan gesehen. Du, Julia?«

»Nein, das hab ich ganz vergessen.« Julia zuckte bedauernd mit den Schultern. »Aber Kaja hat mir gestern gesagt, dass wir zu fünft sind.« Plötzlich fiel ihr noch etwas ein. »Moment, ich glaube, Moni hat sich auch für die M-Prüfung angemeldet.«

Svea schmunzelte. »Die kommt wahrscheinlich erst, wenn die Aufgabe vorgelesen wird.«

»Dann fehlt aber immer noch eine Teilnehmerin«, überlegte Carolin.

»Jetzt nicht mehr!« Eine wohl bekannte Stimme ertönte hinter ihnen und die drei Mädchen blickten sich erschrocken um.

»Anita!«, riefen sie wie aus einem Mund und starrten entgeistert auf das blonde Mädchen im maßgeschneiderten Dressuroutfit, das sich ihnen näherte.

»Hallo und einen wunderschönen guten Morgen«, flötete Anita übertrieben freundlich und schenkte ihnen ein herablassendes Lächeln, wobei sie White Lady, ihrer herrlichen Schimmelstute, den Hals tätschelte. Niemand antwortete ihr. Das plötzliche Auftauchen der unbeliebten Reiterin verschlug den Mädchen glatt die Sprache.

»Der gute Morgen ist mir soeben vergangen«, murmelte Carolin gerade so laut, dass Anita es hören musste, und sagte dann: »Du willst doch nicht im Ernst an der M-Prüfung teilnehmen?«

»Warum denn nicht?« Anita setzte ein unschuldiges Lächeln auf. »Die S-Klasse war mangels qualifizierter Reiterinnen leider nicht ausgeschrieben, deshalb hat Katja mir freundlicherweise angeboten, in der M-Klasse mitzureiten.«

»Aber das ist ungerecht!«, brauste Svea auf. »Außerdem trainierst du doch für die deutschen Meisterschaften. Was willst du überhaupt hier?«

»Nun, sagen wir mal: Ich hatte Heimweh.« Anita lächelte dünn. »Ich bin eben ein wenig sentimental. Schließlich hat meine Karriere hier begonnen.«

»Karriere!« Carolin verdrehte die Augen. »Wahrscheinlich haben sie dich wegen Unfähigkeit aus dem Trainingslager gefeuert und du machst die Prüfung mit, um dein angeknackstes Selbstbewusstsein wieder aufzumöbeln.«

»Angeknackstes Selbstbewusstein?« Puterrot kam Anita auf Carolin zu und hob drohend die Gerte.

»Pass auf, was du sagst, sonst könnte es sein, dass ich meine gute Erziehung vergesse.«

In diesem Augenblick brandete in der Halle tosender Beifall auf und das Tor wurde geöffnet.

»Macht bitte Platz!«, rief die Frau am Tor ihnen zu. »Die Ponys kommen heraus.«

»Wir sprechen uns noch!« Mit einem finsteren Blick auf Carolin führte Anita White Lady wieder hinter Svea, während die Reiterinnen der Anfänger-Dressurprüfung die Halle verließen.

»Die Tür ist frei!«, verkündete die Frau am Tor schließlich und winkte den Mädchen zu. »Kommt, ihr seid dran!«

»Am liebsten würde ich nicht mehr mitmachen«, hörte Julia Carolin murmeln.

»Ich auch nicht«, stimmte Svea ihr zu.

Julia sagte nichts. Auch sie ärgerte sich maßlos darüber, dass Anita die Prüfung mitmachte, doch wenn Katja es ihr gestattete, hatte es sicher seine Richtigkeit. Betrübt streichelte sie Spikeys Hals und saß auf. Mit der ersten goldenen Schleife würde es diesmal wohl nichts werden.

Begeisterter Beifall empfing die Reiterinnen, als sie in die Halle einritten. Julia sah ihren Vater und ihre Mutter winken. Beide hoben die Hände, um ihr die gedrückten Daumen zu zeigen. Julia lächelte matt. Mit Anita als Konkurrentin würden ihr nicht einmal fünfhundert gedrückte Daumen helfen können. Trotzdem zwang sie sich dazu, Haltung zu bewahren und ein freundliches Gesicht zu zeigen, als sie mit den anderen Aufstellung nahm. Eigentlich machte sie sich nichts aus Dressurreiten, aber diesmal hatten Svea und Carolin sie dazu überredet, an der Prüfung teilzunehmen. Wochenlang hatten die drei gemeinsam und ohne jedes Konkurrenzdenken für diesen Tag geübt.

Und jetzt das. Julia holte tief Luft und schloss die Augen. Ich werde mir die Prüfung von Anita nicht verderben lassen. Diese eingebildete Gans wird schon sehen, dass sie nicht die Einzige ist, die Dressur reiten kann.

Plötzlich wurde das Tor noch einmal geöffnet und Moni ritt auf Nikki herein. Sie wirkte abgehetzt und warf einen erstaunten Blick auf Anita. Sagen konnte sie nichts mehr, denn nun wurde die erste Aufgabe vorgelesen, und die Prüfung begann.

»Bronze ist doch gut!« Julias Mutter versuchte ihre missmutige Tochter aufzumuntern, als sie sich eine Stunde später auf den Heimweg machten. »Wenn Spikey bei den Doppelvolten nicht zweimal gepatzt hätte, wäre es sicher Silber geworden.«

»Pah!« Julia schleuderte ihre Reitkappe auf die Rückbank des Wagens, ließ sich danebenplumpsen und schloss geräuschvoll die Tür.

»Was heißt denn das?« Ihr Vater blickte sich um. »Wäre es vielleicht möglich, dass du in ganzen Sätzen mit uns sprichst?«

»Nein!«

»Oh, entschuldige vielmals. Ich wusste nicht, dass es so schlimm ist, Dritte zu werden«, sagte er und drehte den Zündschlüssel herum.

»Ist es ja auch nicht.«

»So?«

»Nein.«

»Hm?«

»Wirklich nicht.« Julia seufzte und schüttelte den Kopf. »Du hast doch gesehen, dass Anita da war«, sagte sie in einem Ton, als erkläre das alles.

»Das Mädchen, das die goldene Schleife gewonnen hat?«, fragte ihre Mutter.

»Genau die.«

»Sie war schließlich die Beste.« Julias Mutter verstand nicht, worauf ihre Tochter hinauswollte.

»Natürlich war sie das!«, brauste Julia auf. »Sie trainiert ja auch schon seit zwei Wochen für die deutschen Meisterschaften. Und dann taucht sie hier auf und ..., und macht uns alles kaputt.«

»Sie durfte doch starten, oder?« Anette Wiegand runzelte die Stirn. So aufgebracht erlebte sie ihre Tochter nur selten.

»Ja.« Julia ballte die Fäuste. »Und das war unfair. Sie ist viel besser als wir. Sie hätte die S-Klasse reiten müssen. Aber da wäre sie allein gewesen und das ist langweilig. So eine arrogante Zicke. Macht sich einen Spaß daraus, uns die Show zu stehlen, und Katja lässt das auch noch zu. Hätte ich nur vorher auf den

83

Plan gesehen, dann hätte ich mich bei Frau Deller beschweren können und ...«

»Na, na, na«, warf ihr Vater beschwichtigend ein. »Ich glaube, das siehst du zu verkniffen. Du bist nur enttäuscht, weil ...«

»Svea und Carolin sehen das genauso«, rechtfertigte sich Julia.

»Oh, natürlich.« Ihr Vater lächelte ihr im Rückspiegel zu. »Die Damen sind sich immer einig, wenn es gegen Anita geht.«

»Weil sie eine ganz miese ...«

»Moment!« Julias Mutter hob mahnend die Hand. »Ich kann verstehen, dass ihr euch ärgert, nachdem ihr so fleißig trainiert habt. Aber wenn Katja Anita erlaubt, in der M-Klasse zu starten, geht das in Ordnung. Das müsst ihr akzeptieren. Schlaf erst einmal darüber. Ich bin sicher, morgen sieht das Ganze schon anders aus.«

»Morgen ist wieder Schule«, murmelte Julia. Das würde ihre Stimmung kaum verbessern.

Zu Hause angekommen flüchtete sie gleich in ihr Zimmer, warf sich aufs Bett und drehte die Musik auf. Für sie war der Sonntag gelaufen.

Ein verbotener Ausritt

Als die Sonne hinter den Wipfeln des Schweigewaldes versank und die Dämmerung mit langen Schatten nach der weiten, grasbewachsenen Ebene griff, brach Mailin die Suche nach dem Balsariskraut enttäuscht ab. Sieben Pflanzen des seltenen Krautes hatte sie inzwischen gefunden, doch alle waren verdorrt und nicht mehr zu gebrauchen.
»Wir reiten zurück«, sagte sie schließlich zu Gohin und warf einen Blick zum Himmel, wo die letzten zartrosa Streifen des Sonnenuntergangs gerade verblassten. »Es ist zu dunkel, um weiterzusuchen.« Traurig streichelte sie Gohins Hals. »Vielleicht hatten die königlichen Jäger mehr Glück als wir.« Dann schwang sie sich auf Gohins Rücken und ließ den Schimmel antraben. Gedanken, die so düster waren wie die nächtlichen Schatten, begleiteten sie auf dem Heimweg, und nur die Hoffnung, dass die anderen erfolgreicher gewesen waren als sie, bewahrte sie davor, zu verzweifeln.
Gohins Dreischlag hallte durch den Wald, als Mailin im Galopp zum Palast zurückritt. Je näher sie ihrem Ziel kam, desto unruhiger wurde sie. Sie hatte Shadow seit dem Morgen nicht mehr gesehen und fürchtete, dass sich sein Zustand weiter verschlech-

tert hatte. Unsinn!, beruhigte sie sich selbst. Sicher haben die königlichen Jäger das Heilkraut längst zum Hof gebracht und die Heilerinnen haben die Medizin für Shadow schon zubereitet. Energisch verdrängte sie die wispernde Stimme in ihrem Kopf, die ihr immer wieder zuflüsterte, dass auch die Jäger erfolglos zurückgekehrt waren, denn wenn die Stimme Recht hatte, war Shadow verloren.

Am Tor wurde sie von Fion erwartet. Der junge Pferdehüter lehnte im Mondlicht an einem der dünnen Baumstämme, die als Fahnen- und Standartenpfähle zu beiden Seiten des Weges errichtet worden waren. Er hatte die Hände vor der Brust verschränkt und sein Gesicht war düster. Als er Mailin kommen sah, lief er ihr entgegen.

»Hast du das Kraut gefunden?«, rief er ihr von weitem zu und in seinen Augen glomm ein Hoffnungsschimmer.

»Gefunden schon!« Mailin zügelte Gohin neben Fion, griff in die Satteltaschen und zog die Balsariskrautpflanzen hervor. »Aber sie waren alle verdorrt.«

»Deine auch?« Fassungslos starrte Fion auf die saftlosen Blätter. »Dann ist Shadow verloren!«

»Warum? Was ist mit den königlichen Jägern?«

Fion hob den Kopf und Mailin sah, wie ihm Tränen über die Wangen liefen. »Fast jeder Jäger hat eine oder mehrere Pflanzen gefunden. Aber sie waren alle vertrocknet. Du warst unsere letzte Hoffnung.«

»Alle vertrocknet?« Mailin wurde schwindelig, als sie die Bedeutung der Worte begriff: Shadow würde sterben. »Nein«, flüsterte sie. »Nein! Das lasse ich nicht zu.« Und plötzlich hatte sie eine Idee. »Fion«, fragte sie, »wie geht es Shadow?«

»Sehr schlecht.« Fion schüttelte betrübt den Kopf. »Die Heilerinnen sagen, dass er die Nacht nicht überleben wird.«

»Dann habe ich nur noch ein paar Stunden.« Mailin wendete Gohin.

»Was hast du vor?«, fragte Fion.

Das Elfenmädchen ging nicht auf seine Frage ein. »Fion«, sagte sie eindringlich, »du hast mich nicht getroffen, hörst du! Versprich mir, dass du niemandem erzählst, dass auch ich nur vertrocknete Pflanzen gefunden habe.«

»Aber ...?«

»Niemandem! Nicht einmal dem König. Alle am Hof sollen glauben, dass ich die Nacht im Wald verbringe.« Ein entschlossenes Lächeln huschte über ihr Gesicht und ihre Stimme wurde sanft. »Ich weiß, dass du nicht gut lügen kannst. Aber es ist sehr wichtig. Nicht für mich, für Shadow.«

»Was hast du vor?«, fragte Fion noch einmal.

»Das kann ich dir nicht verraten«, erwiderte Mailin. »Nur so viel: Ich werde Balsariskraut finden und es noch vor Morgengrauen an den Hof bringen!«

»Wie willst du das schaffen? Du hast doch gehört, dass alle Pflanzen ...«

87

»Fion, bitte! Ich habe nur wenig Zeit.« Mailin legte die Hand auf die Schulter ihres Freundes. »Hab ich dein Wort?«

Fion zögerte zunächst, dann nickte er. »Also gut, ich hab dich nicht gesehen«, erklärte er feierlich.

»Danke.« Mailin lächelte ihm zu und war wenig später zwischen den Schatten der Bäume verschwunden. Gohins Hufschlag hallte durch die Nacht, dann verklang auch er.

»Viel Glück, Mailin«, murmelte Fion. Obwohl er wusste, dass sie nicht so schnell zurückkommen würde, blieb er noch eine Weile vor dem Tor stehen und starrte dorthin, wo Mailin verschwunden war. Dann ging er langsam zurück.

Drei Stunden später betrat Mailin an der Seite der Elfenpriesterin Enid eine Lichtung inmitten des Schweigewaldes, auf der sich ein kleiner Weiher befand. Dunkel und geheimnisvoll lag er vor ihnen. Kein Wind bewegte die Pflanzen, die an seinem Ufer wuchsen, und die glatte Oberfläche spiegelte das silberne Mondlicht wieder. Es war sehr still. Selbst das nächtliche Konzert der Frösche fehlte, die sonst an den Seen und Teichen des Elfenreiches musizierten. Obwohl sie nicht zum ersten Mal an diesem Weiher stand, war Mailin aufs Neue von dem Zauber ergriffen, der über der Lichtung lag. Hier befand sich das magische Tor, das in die Welt der Menschen führte. Diesmal hatte sie Enid von sich aus gebeten, das Tor zur Menschenwelt für sie zu öffnen. Mailin wusste zwar, dass es den Elfen seit langem streng verboten war, die Welt der Menschen zu betreten, aber in ihrer Sorge um Shadow war ihr das gleichgültig. Schließlich war sie schon einmal durch die Nebel geritten, um das Fohlen zu retten.

Allem Anschein nach gab es im ganzen Elfenreich kein Balsariskraut mehr. Sämtliche Pflanzen waren verdorrt und für die Herstellung des Heilmittels nicht mehr zu gebrauchen. Ihre letzte Hoffnung war, das Kraut in der Welt der Menschen zu finden, aus der es ursprünglich stammte.

In rasendem Galopp war sie deshalb mit Gohin durch die Dunkelheit gejagt, um Enid von ihrem fürchterlichen Verdacht zu berichten. Am Rande des Schweigewaldes hatte sie kostbare Zeit verloren, weil einige der Wächter ganz in ihrer Nähe kurz Rast machten. Erst als diese ihre Runde fortsetzten, hatte sie den Schweigewald unbehelligt betreten können. Der Anblick der verwelkten Pflanzen hatte die Elfenpriesterin zutiefst erschüttert. Auch sie konnte sich nicht erklären, wie es möglich war, dass eine einzelne Pflanzensorte mitten im Sommer einging. »Da ist Magie im Spiel«, hatte sie vermutet, ihre weiteren Gedanken jedoch für sich behalten. Doch obwohl sie sehr um Shadows Leben besorgt war und sich verständnisvoll zeigte, war es für Mailin nicht leicht gewesen, sie davon zu überzeugen, dass sie das Tor zur Menschenwelt noch einmal öffnen musste.

»Der Mond nimmt ab«, hatte Enid eingewandt. »Bald wird er nur noch zur Hälfte sichtbar sein. Das ist eine sehr, sehr ungünstige Zeit, um ein Tor in die Menschenwelt zu öffnen.«

Es hatte Mailins ganze Überzeugungskraft gekostet, Enid dazu zu bringen, es wenigstens zu versuchen. Am Ende hatte sich die Elfenpriesterin geschlagen gegeben.

»Du bist wirklich ein sehr hartnäckiges Kind. Nun gut, ich werde es versuchen, denn wenn Shadow stirbt, war auch alles andere umsonst. Aber ich kann dir nichts versprechen. Diesmal kann ich nur bitten. Die heilige Mutter Mongruad allein hat die Macht, das Tor bei abnehmendem Mond zu öffnen. Ich werde sie in deinem Namen anrufen. Wenn sie dir gnädig gestimmt ist, wird sie deinen Wunsch erfüllen.«

Während Mailin die Ereignisse der vergangen Stunden noch einmal in Gedanken durchlebte, schritt die Elfenpriesterin langsam auf den Weiher zu. Am Ufer blieb sie stehen, schloss die Augen und faltete die Hände in einer bittenden Geste vor der Brust. Lautlos formten ihre Lippen das traditionelle Gebet, mit dem sie die Erdgöttin anrief, um Mailin das Tor zur Menschenwelt zu öffnen.

Lange geschah nichts, doch dann verdichtete sich die Luft auf der Lichtung und wurde so schwer, dass Mailin gespannt den Atem anhielt. Knisternde Magie umgab den Weiher und entlud sich in winzigen funkensprühenden Blitzen auf der Wasseroberfläche. »Es klappt!«, flüsterte sie Gohin zu und strich ihm beruhigend über den Hals.

Wie beim ersten Mal begann sich das spiegelglatte Wasser zu kräuseln und kleine Dampfwölkchen stiegen von der Oberfläche auf. Die Wölkchen verdichteten sich zu einem trägen, schweren Nebel, in dessen Innern Abermillionen winziger Kristalle glitzerten. Inmitten des Nebels stand Enid, unerschütterlich ins Gebet vertieft. Selbst als die Blitze heftiger wurden und das Wasser zu brodeln begann, fuhr sie unbeirrt fort. Mit einem Mal war alles wieder still. Eine undurchdringliche weiße Nebelwand hing träge über der Wasseroberfläche.

Enid senkte die Arme, wandte sich um und trat zu Mailin und Gohin. »Du hast großes Glück«, sagte sie lächelnd und deutete auf den Weiher. »Die Erdgöttin ist dir wohlgesonnen. Das Tor ist geöffnet.« Sie machte eine einladende Handbewegung.

Mailin zögerte. »Ich sehe kein Bild in dem Nebel.« Als sie das letzte Mal durch das Tor geritten war, hatte sie ein sonnenbeschienenes Waldstück sehen können und gewusst, wohin das Tor führte.

»Das ist richtig«, sagte Enid. »Heute kann ich auch keinen Findezauber wirken. Der gelingt nur bei Geschöpfen wie Elfen oder Tieren, aber nicht bei Pflanzen. Du weißt, dass ich beim letzten Mal einige Haare von Shadow in die Nebel geworfen habe, damit sich das Tor in seiner Nähe öffnet.« Sie trat auf Mailin zu. »Diesmal liegt es an dir, den Ort, an den dich das Tor führen soll, zu bestimmen. Du musst das Bild des Zielortes in deinen Gedanken entstehen lassen. Halte es ganz fest, wenn du durch die Nebel reitest, dann wirst du genau dorthin gelangen.«

»Und wenn nicht?«, fragte Mailin zweifelnd.

»Dann musst du nur an diesen Weiher denken und wirst wieder hierher kommen.«

»Das klingt einfach.«

»Ist es auch. Wenn man weiß, wohin man gehen will. Erinnerst du dich noch an das Tor in der Menschenwelt?«

»Ja.« Ganz deutlich konnte Mailin die beiden gekreuzten Buchen vor sich sehen, die einen natürlichen Torbogen bildeten.

»Gut. Dann warte nicht länger. Die Nacht ist schon weit vorangeschritten und wenn du bis zum Morgengrauen zurück sein willst, bleibt dir nicht mehr viel Zeit.« Sie blickte prüfend zum Himmel hinauf. »Nach der Zeitrechnung der Menschen wirst du für die Suche nur drei Tage haben. Wenn du das Balsariskraut bis dahin nicht gefunden hast, ist es für Shadow zu spät.«

»So lange werde ich sicher nicht brauchen«, erwiderte Mailin zuversichtlich und zog den blassrosa Stein aus der Tasche. »Diese Suchsteine hat Lavendra für die königlichen Jäger gefertigt«, erklärte sie. »Der Stein leuchtet, wenn man in die Nähe einer Balsariskrautpflanze kommt und ...«

»Bei den Göttern!« Enid wich entsetzt zurück. »Ist der Stein wirklich von Lavendra?«

»Ja. Was ist mit ihm?«

»Er ist voller dunkler Magie.« Die Elfenpriesterin verzog angewidert das Gesicht.

»Aber er funktioniert! Mit seiner Hilfe ist es ganz leicht, das Kraut zu finden.« Mailin betrachtete den Stein aufmerksam von allen Seiten. »Ich kann nichts Schlechtes an ihm feststellen. Er hilft uns doch, Shadow zu retten.«

»Er hat euch geholfen, verdorrte Pflanzen zu finden«, wandte Enid ein und blickte nachdenklich auf den Stein. »Das ist merkwürdig, sehr merkwürdig. Lavendra fertigt die Steine, obwohl sie kein Interesse daran hat, dass Shadow überlebt. Das kann nur bedeuten, dass ... Nein, keine voreiligen Schlüsse! Ich muss in Ruhe darüber nachdenken.« Sie hob den Kopf und wandte sich wieder an Mailin. »Du musst jetzt gehen«, sagte sie noch einmal. »Aber den Suchstein kannst du nicht mitnehmen.«

»Warum nicht?« Mailin presste den Stein an sich. Wie sollte sie ohne ihn in nur drei Tagen das Balsariskraut finden? Das war unmöglich.

»Seine Aura aus dunkler Magie würde das Tor sofort schließen. Die Mutter Mongruad lässt nicht zu, dass Elfen, die ein solches Kleinod mit sich führen, die Weltentore durchschreiten.«

»Aber dann ist Shadow verloren!« Tränen der Verzweiflung glitzerten in Mailins Augen.

93

»Wer wird denn so schnell aufgeben?« Enid lächelte gütig. »Sagtest du nicht, dass du bei den Menschen eine Freundin gefunden hast?«

»Ja, schon, aber …«

»Vielleicht kann sie dir weiterhelfen«, meinte Enid und deutete zum Weiher. »Nun geh, das Tor ist offen. Wenn du es nicht versuchst, wird Shadow sterben. Selbst ohne Stein gibt es noch Hoffnung, doch wenn du jetzt aufgibst, hast du bereits verloren.«

»Ihr habt Recht.« Mailin reichte Enid den Stein. »Bewahrt Ihr ihn für mich auf, bis ich zurückkehre?«

»Das werde ich.« Enid sah zu, wie Mailin aufsaß, und begleitete sie zum Ufer der Weihers. »Viel Glück, Mailin, und denk immer daran, du musst dein Ziel fest vor Augen haben«, ermahnte sie Mailin noch einmal. Dann gab sie Gohin einen leichten Klaps auf die Hinterbacken. Das weiße Elfenpferd trat in den Weiher und verschwand mit Mailin im Nebel.

Diesmal erschrak Mailin nicht, als sie die eisige Kälte des Tores spürte. Schließlich war es nicht das erste Mal, dass sie in die Welt zwischen den Toren eintauchte. Das Bild der gekreuzten Buchen fest vor Augen, lenkte sie Gohin, der unruhig schnaubte, durch das düstere, von Nebelschwaden durchzogene Zwielicht, bis seine Hufe raschelndes Laub berührten, und sie fand sich unter denselben hohen Buchen wieder, die sie in Gedanken gesehen hatte.

Es war kalt. Nicht so kalt wie in der Welt zwischen

94

den Toren, aber immer noch viel zu kalt für die dünne Lederkleidung, die sie trug. Trotz der Dunkelheit konnte Mailin erkennen, dass die Bäume keine Blätter trugen. Ein paar zarte weiße Blumen, deren geschlossene Knospen im Mondlicht schimmerten, ließen den Schluss zu, dass in der Menschenwelt Frühling herrschte, und Mailin bedauerte, dass sie nicht daran gedacht hatte, einen warmen Umhang mitzunehmen. Doch die Zeit war zu knapp, um noch einmal umzukehren.

Entschlossen lenkte sie Gohin auf den schmalen Weg, der nicht weit entfernt durch den Wald führte. Diesmal wusste sie genau, wo sie mit der Suche beginnen würde – bei Julia. Ihre Freundin würde sicher auch ein paar wärmende Kleidungsstücke für sie haben.

Überraschendes Wiedersehen

Pock! Pock! Pock!
Mit rhythmischen Schlägen trieb der Schmied die Nägel in Spikeys Huf.
Pock! Pock! Pock!
Das Klopfen wurde lauter. Julia bekam allmählich Angst, dass er Spikey wehtun würde, wenn er weiter so auf dem Huf herumhämmerte.
Pock! Pock! Pock!
Spikey wieherte ärgerlich und trat mit dem Hinterbein aus, doch der Schmied hielt die Fesselbeuge mit eisernem Griff umklammert. Inzwischen schlug er wie wild auf den Huf des armen Spikey ein.
Julia konnte das nicht länger mit ansehen. »Aufhören!«, schrie sie den Mann an und trat vor, um ihm den Hammer aus der Hand zu reißen.
Im gleichen Augenblick waren der Schmied und Spikey verschwunden. Es war dunkel. Julia fühlte die weichen Daunen ihres Kopfkissens und die wohlige Wärme der Bettdecke.
Pock! Pock! Pock!
Das Klopfen war immer noch da! Verschlafen tastete sie nach dem Lichtschalter und sah auf den Wecker. Fast zwei Uhr. Wer um alles in der Welt klopfte zu dieser nachtschlafenden Zeit an ihr Fenster?

Pock! Pock! Pock!

Die Schläge kamen in sehr kurzen Abständen. Etwas Dringendes schwang darin mit. Julia schlug die Decke zurück und schlüpfte aus dem Bett. Angst hatte sie keine. Svea und Carolin machten sich oft einen Spaß daraus, ihr über die Äste des großen alten Apfelbaums vor ihrem Schlafzimmerfenster einen Besuch abzustatten. Mitten in der Nacht waren sie allerdings noch nie gekommen.

Julia zog die Vorhänge zurück und spähte in die Dunkelheit hinaus. Der Mond verwandelte den Garten in eine verwunschene Landschaft aus Licht und Schatten, aber vor dem Fenster war niemand zu sehen. Die kahlen Äste des Apfelbaums waren leer und ragten wie knorrige Finger in den sternenübersäten Himmel.

Jetzt wurde ihr doch etwas mulmig zumute. Das Klopfen war eindeutig vom Fenster gekommen – oder hatte sie geträumt?

Eine winzige Bewegung, die Julia aus dem Augenwinkel sah, ließ sie erschrocken zusammenzucken. Da versteckte sich doch jemand in der Dunkelheit.

Ja, wirklich!

Wieder bewegte sich etwas am Rande des Lichtscheins, der vom Fenster aus in die Äste des Apfelbaums fiel. Etwas Großes, Hellgekleidetes, das sich gleich darauf als ein Mädchen mit langen, fast weißen Haaren entpuppte und sie anlächelte.

Julia rieb sich die Augen. »Mailin?«, fragte sie ungläubig und erfreut zugleich. Dann fiel ihr ein, dass das Elfenmädchen sie gar nicht hören konnte, und sie öffnete hastig das Fenster. »Mailin?« Julia konnte nicht glauben, dass es wirklich das Elfenmädchen war, das da vor ihr stand.

»Hallo, Julia!«, sagte Mailin, als sei ihr nächtlicher Besuch ganz selbstverständlich, und kletterte durch das geöffnete Fenster ins Schlafzimmer. »Oh, hier ist es aber schön warm. Tut mit Leid, dass ich dich geweckt habe.« Fröstelnd schlang sie die Arme um den Körper und blickte sich um. »Hier hat sich sehr viel verändert. Die ganzen Kisten sind weg und alles ist so schön eingerichtet. Ihr wart wirklich fleißig in den paar Tagen.«

»Paar Tage?« Julia lachte und schloss das Fenster, um die kalte Luft auszusperren. »Es ist fast neun Monate her, seit wir uns getroffen haben.«

»Neun Monate!« Mailin staunte. Enid hatte ihr erklärt, dass die Zeit in der Menschen- und Elfenwelt sehr unterschiedlich verlief, doch erst jetzt wurde ihr bewusst, was das bedeutete. »Bei uns sind nur wenige Tage vergangen.«

»Tatsächlich?« Julia griff nach ihrem Sweatshirt und zog es über den dünnen Schlafanzug. Dann ließ sie sich auf der Bettkante nieder und forderte Mailin auf, sich neben sie zu setzen. »Na, ich finde es jedenfalls Klasse, dass du wieder da bist«, sagte sie und strahlte das Elfenmädchen an. »Manchmal konnte ich selbst nicht mehr glauben, dass es dich wirklich

98

gibt. Wenn ich das nicht gehabt hätte«, sie zeigte auf den Bogen und den Köcher an der Wand, »wäre ich vermutlich längst davon überzeugt, dass du nur in meiner Fantasie existierst.«

»Wie du siehst, bin ich ebenso wirklich wie du.« Mailin zupfte lachend an ihrem dünnen Lederhemd und deutete dann auf Köcher und Bogen. »Du hast hoffentlich niemandem von mir ...«

»Nein, hab ich nicht. Ich hab dir versprochen zu schweigen, und daran halte ich mich auch. Die Geschichte hätte mir sowieso keiner geglaubt. Elfen! Die gibt es doch nicht.«

»Ich habe mich vorsichtshalber versteckt, als bei dir das Licht anging«, erklärte Mailin. »Hätte doch sein können, dass du in diese Klappmühle gekommen bist.«

»Klapsmühle?« Julia schmunzelte. »Hab ich das gesagt? Na, das ist nur so ein Spruch. Aber sag mal, warum bist du überhaupt gekommen? Willst du dich nur aufwärmen?«

»Aufwärmen schon, aber nicht nur.« Mailin wurde ernst. »Es ist wieder wegen Shadow.«

»Was ist mit ihm?«

»Er liegt im Sterben.«

»Was?« Bestürzt schlug Julia die Hände vor den Mund. Das niedliche schwarze Fohlen, das sie gemeinsam mit Mailin aus der Gefangenschaft befreit hatte, war todkrank? Das durfte nicht wahr sein. »Was hat er denn?«, fragte sie.

»Eine schreckliche Fieberkrankheit, die unsere Pferde bekommen, wenn sie sich zu lange in der Welt der
Menschen aufhalten«, erklärte Mailin. »Es gibt zwar
ein Heilmittel dagegen, doch die Pflanzen, aus
denen das Mittel hergestellt werden kann, sind im
Elfenreich ganz plötzlich alle verdorrt.«

»Ganz plötzlich? Und nur diese eine Pflanzensorte?
Das ist aber sehr merkwürdig.«

»Das ist es. Enid vermutet wieder einen hinterhälti-
gen Plan von Lavendra, aber wir haben jetzt keine
Zeit, um uns darum zu kümmern. Wenn Shadow
den Heiltrank nicht bis Sonnenaufgang bekommt,
wird er sterben.«

»Und deshalb bist du hier?«

»Ja, die Pflanze, aus der das Mittel gebraut wird, wurde einst aus eurer Welt in das Elfenreich gebracht.
Meine letzte Hoffnung ist es, sie hier zu finden.«

»Wie heißt sie denn?«

»Balsariskraut.«

»Balsariskraut? Nie gehört. Aber warte mal, wozu
gibt es ein Lexikon!« Sie sprang vom Bett und trat
vor ein Regal, das bis obenhin mit Büchern voll ge-
stopft war. Gleich darauf kam sie mit einem besonders dicken Wälzer zurück und begann darin zu blättern. »Balsariskraut«, murmelte sie. »Ba…, Bak…,
Bal…, Balmung …, Balsa, ah, hier. Oh nein, da steht
nur was von Balsaholz, aber kein Balsariskraut.« Sie
klappte das Buch zu und sah Mailin enttäuscht an.
»Bist du sicher, dass es so heißt?«

»Ganz sicher.«

»Hm, mit dem Lexikon kommen wir also nicht weiter«, grübelte Julia. »Hast du denn wenigstens ein Bild von der Pflanze, oder kannst du mir beschreiben, wie sie aussieht?«

»Ein Bild nicht, aber ich habe ein paar von den vertrockneten Blättern mitgenommen, damit ich sie mit den Pflanzen hier vergleichen kann.« Mailin öffnete den kleinen Lederbeutel, den sie am Gürtel trug, und holte eine hölzerne Schachtel hervor. »Hier, das ist Balsariskraut«, sagte sie und reichte Julia die geöffnete Schachtel.

»So eine Pflanze habe ich noch nie gesehen«, murmelte Julia und fügte, als sie Mailins enttäuschte Miene sah, rasch hinzu: »Aber das will nichts heißen. Es gibt sicher Tausende von Pflanzen, die ich nicht kenne.« Plötzlich hellte sich ihr Gesicht auf. »Weißt du was? Ich nehme das Blatt morgen mit in die Schule und zeige es Frau Schmidt-Malter, meiner Biolehrerin. Die weiß bestimmt, was das ist. Aber hast du überhaupt so viel Zeit?«

»Nach eurer Zeitrechnung habe ich drei Tage, um die Pflanze zu suchen«, erklärte Mailin. »Ich wäre sehr froh, wenn du jemanden finden würdest, der uns weiterhelfen kann.«

»Gut, dann machen wir es so. Wenn Frau Schmidt-Malter es nicht weiß, dann keiner. In Pflanzenkunde ist sie mega-schlau.« Man konnte ihr ansehen, wie glücklich sie über den Einfall war. »Wir treffen uns morgen Nachmittag wieder im Wald. Am besten an der Stelle, an der du mich gefunden hast, als ich vom Pferd gefallen bin.«

»Das ist gut. Ich hoffe nur, deine Lehrmeisterin kennt die Pflanze.«

»Und ich hoffe, dass sie hier schon zu finden ist. Immerhin haben wir erst Frühling und es gibt immer noch Schnee und Frost. Allzu viel Grünes traut sich da nicht aus der Erde und ...« Julia verstummte, weil Mailin ganz bestürzt dreinblickte. Offensichtlich hatte das Elfenmädchen nicht daran gedacht, dass die Vegetation in der Menschenwelt zum Teil noch im Winterschlaf war. »Mach dir keine Sorgen«, fügte sie hinzu und lächelte aufmunternd. »Hier in der Nähe gibt es große Gärtnereien mit Gewächshäusern, da wachsen sogar exotische Pflanzen. Wenn wir wissen, was das für ein Kraut ist, finden wir bestimmt auch eine Lösung.« Trotz aller Zweifel bemühte sie sich zuversichtlich zu klingen. Und tatsächlich hellte sich Mailins Miene etwas auf.

»So«, erklärte Julia und stand auf, »und jetzt schaue ich mal nach, ob ich was Warmes zum Anziehen für dich finde, sonst wird Shadow womöglich gesund und du liegst mit Fieber im Bett.« Sie zwinkerte ihrer Freundin zu, öffnete die Schranktüren, suchte ein T-Shirt und einen dicken Pulli, eine Thermohose, eine Strickmütze und eine warme Jacke heraus und reichte es Mailin. »Probier mal, ob es dir passt. Socken und Boots hole ich gleich.«

Sie warf einen Blick auf die Uhr. Fast halb drei. Das würde ein langer Tag werden, aber inzwischen war sie hellwach. An Schlaf war nicht mehr zu denken. »Wenn die Kleiderfrage geklärt ist, schleiche ich in die Küche und stibitze uns etwas zu essen aus dem Kühlschrank«, sagte sie gut gelaunt. »Zwei bis drei Stunden kannst du gern noch hier bleiben und dich aufwärmen. Meine Eltern stehen erst um sechs auf. Da haben wir noch genug Zeit, um zu quatschen.«

Ein langer Vormittag

»Julia!« Melanie stieß ihrer Tischnachbarin den Ellenbogen in die Rippen und Julia zuckte erschrocken zusammen. »Herr Schönborn hat dich etwas gefragt«, zischte Melanie so unauffällig wie möglich. Doch es war zu spät, der grauhaarige Mathelehrer stand bereits vor ihrem Tisch. »Mir scheint, der Sandmann hat unser Fräulein Wiegand vergangene Nacht völlig vergessen«, lästerte er. »Und jetzt muss sie den versäumten Schlaf in der Schule nachholen.«
»Das ..., das stimmt nicht«, stammelte Julia und blinzelte Herrn Schönborn aus geröteten Augen an. »Ich bin nur etwas müde.«
»So, nur etwas müde.« Der Mathelehrer hob unheilvoll eine Augenbraue. »Dann hast du sicher mitbe-

kommen, welch wichtige geometrische Lehre uns der griechische Philosoph Thales hinterlassen hat.«
Thales? Julia überlegte fieberhaft. Der Name sagte ihr gar nichts. Hatten sie gerade darüber gesprochen oder erlaubte sich Herr Schönborn mit ihr nur wieder einen seiner berüchtigten Scherze, um sie vor den anderen lächerlich zu machen?
»Nun? Ich warte.« Herr Schönborn klopfte ungeduldig mit dem Zeigefinger auf die Tischplatte. In der Klasse war es totenstill. Alle starrten sie an. Wie peinlich! Julia spürte, wie ihr die Röte ins Gesicht schoss. Was sollte sie nur sagen? Sie hatte keine Ahnung. Dabei waren ihr nur ganz kurz die Augen zugefallen.
»Im Halbkreis ist ...«, wisperte Melanie, verstummte aber, als sie Herrn Schönborns Blick bemerkte.
»Du tätest gut daran, dein Wissen anzuwenden, wenn du gefragt bist, Melanie«, sagte er tadelnd und wandte sich seufzend wieder an Julia. »Gehe ich recht in der Annahme, dass dir der Name Thales völlig unbekannt ist?«, fragte er.
Julia nickte stumm und blickte betreten zu Boden. Wie hatte ihr das nur passieren können? Gut, Geometrie war langweilig, aber Herr Schönborn war an der Schule seit Generationen für seine Strenge bekannt, da durfte man sich keinen Patzer erlauben.
»Na, dann wirst du deine Bildungslücke mit einem Referat über diesen wichtigen griechischen Philosophen und die Grundregeln der Geometrie schließen«, hörte sie Herrn Schönborn sagen. »Morgen

104

kennst du dich auf dem Gebiet sicher bestens aus und wirst uns einiges darüber berichten können.« Mit diesen Worten ging er wieder zur Tafel.

»Mist!« Julia kamen fast die Tränen. Ausgerechnet heute, wo sie mit Mailin die Balsariskrautpflanze suchen wollte, bekam sie eine Strafarbeit aufgebrummt.

Die folgenden vier Schulstunden brachte sie mehr schlecht als recht hinter sich. Bloß nicht wieder einnicken, ermahnte sie sich immer wieder. Bloß nicht noch eine Strafarbeit kassieren.

Endlich läutete es zur letzten Stunde – Biologie! Darauf hatte Julia schon den ganzen Vormittag gewartet. Gleich nach dem Unterricht wollte sie Frau Schmidt-Malter das getrocknete Blatt zeigen, doch der Zeiger ihrer Armbanduhr schien sich überhaupt nicht vorwärts bewegen zu wollen.

Ohne echtes Interesse verfolgte sie, wie die Lehrerin anhand von Dias das Ökosystem Regenwald erklärte und dabei immer wieder kleine Erlebnisse von der Amazonas-Expedition zum Besten gab, an der sie vor fünfzehn Jahren teilgenommen hatte.

12.30 Uhr. Noch eine halbe Stunde.

»... faszinierend zu sehen, wenn sich eine neun Meter lange Anakonda ...«, hörte Julia Frau Schmidt-Malter sagen.

Tick! 12.31 Uhr. Wieder eine Minute. Julia seufzte. Das würde die längste Biostunde ihres Lebens werden. Sie gähnte. Das Dämmerlicht im Klassenzimmer trug nicht gerade dazu bei, ihre Müdigkeit zu vertreiben. Um sich abzulenken, fing Julia an, die Kästchen des Karopapiers auf dem Notizblock rautenförmig auszumalen. Erst eine Raute aus vier Kästchen, dann eine aus zwölf drum herum. Als sie mit der Achtundzwanziger-Raute anfangen wollte, erlöste sie die Pausenglocke. Schulschluss!

Frau Schmidt-Malter erklärte noch rasch das letzte Dia – eine Luftaufnahme, auf der die Windungen des Amazonas besonders gut zu sehen waren. Endlich schaltete sie den Projektor aus und die Mädchen und Jungen der siebten Klasse packten ihre Sachen zusammen.

Julia ließ sich Zeit damit. Ungeduldig wartete sie, bis auch der letzte Schüler den Biologieraum verlassen hatte, dann nahm sie die Schachtel mit dem trockenen Blatt zur Hand und ging zur Lehrerin.

»Ich würde Sie gern etwas fragen«, sagte sie höflich.

»Julia!« Frau Schmidt-Malter zog den Stecker des Diaprojektors aus der Steckdose, rückte die verrutschte Brille gerade und lächelte. »Was gibt es denn? Möchtest du noch etwas über den Amazonas wissen? Eben hatte ich nicht den Eindruck, dass dich das Thema sonderlich interessiert.«

»Ähm, es geht um etwas anderes. Ich wollte Sie fragen, ob Sie mir sagen können, zu welcher Pflanze dieses Blatt gehört?« Julia öffnete die Schachtel und reichte sie der Lehrerin.

»Ein Blatt?« Frau Schmidt-Malter nahm die Schach-

106

tel in Empfang. »Es ist ja ganz vertrocknet«, stellte sie fest. Sie betätigte den Schalter, der die Jalousien nach oben fahren ließ. »Erst einmal brauche ich Tageslicht«, sagte sie. »Bei Neonlicht sieht man nicht so gut.« Sie trat ans Fenster. »Ah, das Blatt hat fünf Finger. Sie sind zwar aufgerollt, aber noch gut zu erkennen.« Frau Schmidt-Malter ergriff das Blatt vorsichtig am Stiel und betrachtete es prüfend. »Das könnte ...«, murmelte sie nachdenklich. »Das sieht aus wie ...« Plötzlich riss sie die Augen auf. »Julia, wo hast du das her?«

»Das hab ich ..., also das war ..., das hat meine Mutter beim Laubharken im Garten gefunden.« Auf so eine Frage war Julia nicht vorbereitet. Die Reaktion ihrer Lehrerin überraschte sie. Warum war sie plötzlich so außer sich? Es war doch nur ein ganz gewöhnliches Blatt. »Was ist damit?«, fragte sie, bemüht, sich die Aufregung nicht anmerken zu lassen. »Wissen Sie, von welcher Pflanze es stammt?«

»Oh ja, das weiß ich. Jedenfalls bin ich mir ziemlich sicher.« Frau Schmidt-Malter drehte das Blatt in der Hand und betrachtete es von allen Seiten. »Beim Laubharken im Garten gefunden, sagst du?«

»Ja. Bestimmt hat es der Wind dorthin geweht. Meine Mutter und ich haben den ganzen Sonntag gerätselt, woher es stammt«, log Julia. »Wir haben so eine Pflanze noch nie gesehen.« Sie konnte es kaum abwarten, mehr über die geheimnisvolle Pflanze zu erfahren, doch die Lehrerin ließ sich Zeit.

107

»Das wundert mich nicht«, sagte sie und gab Julia die Schachtel zurück.

»Wieso?«

»Weil es verboten ist, solche Gewächse anzubauen«, erklärte Frau Schmidt-Malter. »Das ist Cannabis, oder auch Hanf. In Deutschland ist der Anbau weitgehend verboten. Die Pflanze enthält berauschende Stoffe und fällt unter das Betäubungsmittelgesetz.« Sie zwinkerte Julia zu. »Da habt ihr wohl einen Nachbarn mit einer ganz besonderen Vorliebe.«

»Hanf?« In Julias Kopf überschlugen sich die Gedanken. Wenn der Anbau verboten war, dann war Mailin vergeblich gekommen. Und wenn sie auch hier keine Pflanze fand, dann ..., dann ... Julia weigerte sich, den Gedanken zu Ende zu denken. Nein, das konnte nicht sein. Shadow durfte nicht sterben.

»Aber vielleicht gibt es sie in einer Gärtnerei«, überlegte sie laut. »Oder ...«

»Das halte ich für unwahrscheinlich. Hanfanbau ist bei uns nur in Ausnahmefällen erlaubt und auch dann nur unter sehr strengen Auflagen«, sagte die Lehrerin. »Ich kann mir eher vorstellen, dass das Blatt aus dem Fenster eines heimlichen Hobbygärtners geweht wurde.«

»Und wilden Hanf gibt es hier gar nicht?« Julia war maßlos enttäuscht und total unglücklich. Warum musste Mailin ausgerechnet nach einer Pflanze suchen, deren Anbau verboten war?

»So weit ich weiß, nicht. Obwohl ...« Frau Schmidt-

Malter lächelte. »Im vergangenen Sommer war ein Bericht im Zwissauer Tageblatt: Ein auf Drogensuche abgerichteter Polizeihund hatte tatsächlich eine Hanfpflanze unmittelbar vor dem Zwissauer Polizeirevier entdeckt.« Sie nahm die Dias aus dem Projektor und packte sie ein. »Mit viel Glück kann man sie vielleicht in freier Natur finden – wenn man einen Drogenhund hat.«

... einen Drogenhund hat. Die Worte erinnerten Julia an etwas. Dann hatte sie eine Idee. Es war zwar nur eine winzige Hoffnung mit wenig Aussicht auf Erfolg, aber Julia war entschlossen, alles zu versuchen, um Mailin zu helfen. Plötzlich hatte sie es sehr eilig. »Danke, Frau Schmidt-Malter«, sagte sie, griff nach ihrer Schultasche und hastete zur Tür. Sie musste jetzt ganz schnell nach Hause und Svea anrufen.

»Einen Ausritt? Mit Filko? Heute Nachmittag?« Svea war ehrlich überrascht. »Das sieht schlecht aus. Ich schreib morgen eine Vokabelarbeit. Du weißt doch, mit Englisch stehe ich ziemlich auf Kriegsfuß. Ich muss den ganzen Nachmittag lernen.«

»Bitte komm mit, Svea!«, flehte Julia. »Es ist wirklich sehr wichtig.«

»Nanu? Das klingt ja, als gehe es um Leben und Tod. Und warum willst du Filko mitnehmen?«

»Dienstgeheimnis!«, erwiderte Julia wichtig.

»Oh, so ist das. Du brauchst also Filkos Spürnase. Wer wurde denn entführt?« Svea kicherte.

»Entführt! Wie kommst du denn da drauf? Sonder-
einsatz der Drogenfahndung!«

»Drogen? Jetzt machst du mich aber neugierig. Für
Drogen ist Filko natürlich genau der Richtige.« Svea
legte den Hörer beiseite und Julia vernahm undeut-
lich, wie sie sich mit ihrer Mutter unterhielt. Dann
meldete sich Svea wieder. »Geht klar!«, sagte sie fröh-
lich. »Meine Mutter ist zwar noch krank, aber sie
fährt mich. Ich darf allerdings nicht so lange wegblei-
ben, weil ich noch lernen muss.«

»Also um drei auf der Danauer Mühle?«, fragte Julia.

»Drei Uhr, verstanden. Oberwachtmeisterin Svea
und ihr Diensthund sind rechtzeitig zur Stelle.«

So schnell wie an diesem Tag hatte Julia ihre Spaghet-
ti schon lange nicht mehr verputzt. Es war schon fast
zwei Uhr und sie musste sich noch mit Mailin treffen, bevor sie zur Danauer Mühle fuhr.

»Du hast es aber eilig«, wunderte sich Anette Wiegand mit einem Blick auf den blitzblanken Teller
ihrer Tochter. »Oder bist du am Verhungern? In der
Küche gibts noch Nachschub.«

»Keine Zeit!« Julia raffte das Geschirr zusammen und
trug es zur Spülmaschine. »Ich muss ganz schnell
zum Reiterhof«, sagte sie im Hinausgehen. »Svea
und ich wollen ausreiten.«

»Hast du denn keine Hausaufgaben auf?«, erkundigte sich ihre Mutter.

»Nicht viel, die mach ich später!«, rief Julia aus der

Küche. »Es ist so schönes Wetter. Das wollen wir unbedingt ausnutzen.«

»Aber komm nicht so spät nach Hause. Vati und ich wollen heute Abend ins Konzert nach Zwissau. Um halb sieben fahren wir los. Es wäre schön, wenn du bis dahin wieder zu Hause sein könntest.«

»Ich kann nichts versprechen.« Mit der Reitkappe auf dem Kopf schaute Julia durch die Tür zum Esszimmer. »Svea muss heute Abend für eine Vokabelarbeit büffeln, vielleicht helfe ich ihr dabei. Ich nehme sicherheitshalber meinen Haustürschlüssel, falls ich später komme. Tschüs, ich muss los!«

»Viel Spaß!«, rief Anette Wiegand ihrer Tochter noch nach, doch da fiel die Haustür bereits klackend ins Schloss.

Als Julia wenig später den Schotterweg erreichte, der zum Reiterhof führte, war sie völlig außer Atem. Seit dem Wochenende hatte sich die Luft deutlich erwärmt und die Sonne schien von einem fast wolkenlosen Himmel. Ihre Wangen waren gerötet und sie schwitzte unter der Reitkappe. Durst hatte sie auch, aber nichts zum Trinken mitgenommen, weil ihre Daunenjacke nur kleine Taschen besaß und sie reichlich Essen für Mailin eingepackt hatte. Auf der Danauer Mühle gab es einen Getränkeautomaten, doch bevor sie zum Reiterhof fuhr, musste sie erst mit Mailin sprechen.

Angestrengt bemüht, nicht ständig an Limo oder

kühlen Orangensaft zu denken, bog sie vom Schotterweg auf den schmalen Pfad ein, der an einem Feld entlang in den Danauer Forst führte. Unzählige Huftritte hatten sich tief in den weichen Boden gedrückt und machten den Pfad für Radfahrer und Wanderer unpassierbar. Julia musste mit ihrem Mountainbike auf den Acker ausweichen und schieben.

Im Wald kam sie auch nicht besser vorwärts. Zum Glück war es nicht mehr weit bis zu der kleinen Lichtung, auf der sich Svea und Carolin vor einigen Monaten einen behelfsmäßigen Springgarten aufgebaut hatten. Inzwischen war der Platz auf dem Reiterhof allgemein bekannt und viele Mädchen machten auf ihren Ausritten einen Abstecher dorthin. Zu Julias Erleichterung war der Platz heute frei.

Sie lehnte ihr Mountainbike an einen Baum und wartete. Im Wald war es sehr still. Außer dem munteren Gesang der Vögel, die lautstark ihre Reviergrenzen verkündeten, war nicht viel zu hören. Julia war sicher, dass Mailin sie längst bemerkt hatte.

»Endlich! Ich dachte schon, du hättest mich vergessen.« Trockenes Laub am Boden raschelte und plötzlich stand das Elfenmädchen vor ihr. Obwohl Julia Mailins Fähigkeit, sich unsichtbar zu machen, schon kannte, zuckte sie erschrocken zusammen, als die Elfe so überraschend vor ihr auftauchte.

Julia deutete auf ein paar Büsche etwas weiter entfernt, die schon die ersten grünen Blätter trugen. »Wir gehen besser dorthin«, sagte sie leise. »Es kom-

112

men neuerdings häufiger Reiter hierher. Hinter den Büschen wird man uns nicht so leicht entdecken.«

»Hast du etwas herausgefunden?«, fragte Mailin, während sie neben Julia herging, die ihr Mountainbike durch das Laub schob.

»Ja, etwas schon, aber leider nichts Erfreuliches.« Julia legte ihr Rad auf den Boden und setzte sich im Schutz der Büsche hin. »Meine Lehrerin kannte die Pflanze, doch was sie mir erzählt hat, ist nicht gerade ermutigend.«

»Erzähl es mir.« Mailin setzte sich ebenfalls und sah ihre Freundin gespannt an.

Julia holte tief Luft und sagte: »Also, die Pflanze, die du Balsariskraut nennst, heißt bei uns Cannabis oder Hanf. Leider ist ihr Anbau verboten ...«

Als sie Mailin alles erzählt hatte, blickte das Elfenmädchen betroffen zu Boden. »Das ist nicht wahr. Das darf einfach nicht wahr sein! Ach, Shadow!« Sie griff nach einem Ast und schleuderte ihn in die Büsche. »Dann ist also alles umsonst gewesen.«

»Wir haben noch mehr als zwei Tage«, bemerkte Julia mitfühlend. »Ich verspreche dir, dass ich alles versuchen werde, um eine Cannabispflanze für dich aufzutreiben. Wenn wir heute nichts finden, kann ich meinen Vater bestimmt überreden mal im Internet nachzusehen. Da gibt es jede Menge Informationen über alles Mögliche.«

»Internet?«

»Ja. Das ist ein weltweites Datennetz. Man kann zu

113

Hause vom Computer aus ...« Julia brach den Erklärungsversuch ab und sagte: »Ach, das ist viel zu kompliziert zu erklären. Heute suchen wir erst mal mit Filko.«

»Du glaubst doch nicht im Ernst, dass dieser Hund was findet?«

»Warum nicht? Schließlich ist er dafür ausgebildet worden.«

»Aber der Wald ist riesig. Wo willst du anfangen?«

»Ich hab schon eine Idee«, erklärte Julia eifrig und deutete in den Wald hinein. »Dahinten, eine knappe halbe Stunde von hier, gibt es eine alte Gärtnerei, die vor drei Jahren geschlossen wurde. Da stehen mindestens ein Dutzend großer Gewächshäuser und alles ist ganz verwildert. Vielleicht hat sich dort eine Cannabispflanze ausgesät.«

»Ja, vielleicht.«

Das klang wenig zuversichtlich, aber Julia war von ihrer Idee so angetan, dass sie nicht darauf einging.

»Ich werde gleich mit Svea dorthin reiten. Mir fällt kein anderer Ort ein, an dem wir sonst suchen könnten.« Sie stand auf und schnappte sich ihr Fahrrad. »In spätestens zweieinhalb Stunden bin ich wieder hier, dann werden wir ja sehen.«

»Kann ich mitkommen?« Mailin deutete auf die Winterkleidung, die sie von Julia bekommen hatte. »Damit falle ich bestimmt nicht auf.«

»Nein, das geht nicht. Es sind keine Ferien. Wie soll ich Svea denn erklären, wo du herkommst?« Julia schüttelte energisch den Kopf. »Nein, Mailin, es tut mir Leid. Meine Klamotten stehen dir gut, aber diesmal geht es wirklich nicht. Außerdem dauert es nicht lange.« Sie schwang sich aufs Rad und trat kräftig in die Pedale. »Ich muss mich beeilen, Svea wartet sicher schon. Bis nachher!«

»Bis nachher«, murmelte Mailin. Obwohl sie wusste, dass es vernünftig war, kränkte es sie, dass Julia sie nicht mitreiten ließ. Sie wollte hier nicht länger tatenlos herumsitzen und warten. Der Vormittag war schon lang genug gewesen. Nein, das war nicht ihre Art. Sie stieß einen leisen Pfiff aus und Gohin trat aus den Schatten zwischen den Bäumen. Mailin schwang sich in den Sattel und ritt langsam in Richtung Danauer Mühle. Wenn Svea sie nicht sehen durfte, würde sie die beiden eben heimlich begleiten.

Begegnung im Wald

Als Julia mit ihrem Mountainbike die holprige Auffahrt zum Reiterhof hinunterfuhr, wurde sie von Svea bereits am Viereck erwartet. Das blonde Mädchen hatte Yasmin schon gesattelt und kam ihr entgegengelaufen. »Wo bleibst du denn?«, fragte sie ungeduldig. »Ich warte seit einer Viertelstunde.«
Julia schaute auf die Uhr. »Aber es ist doch erst Viertel vor drei«, sagte sie verwundert. »Und wir wollten uns um drei hier treffen.«
»Um drei?« Svea stutzte. »Wie peinlich, ich dachte um halb drei. Jetzt hab ich meine kranke Mutter ganz umsonst gedrängelt.«
»Macht nichts.« Julia lehnte ihr Fahrrad an die Wand des Privatstalls und lief zum Tor. »Je früher wir loskommen, desto besser!«, rief sie Svea zu und sauste in den Stall, um Spikey zu holen. Wenig später kam sie mit dem gescheckten Pony am Halfter wieder heraus. »Wo ist denn Filko?«, fragte sie.
»Ich hab ihn außen am Ponystall angebunden, damit er die Pferde nicht durcheinander bringt«, erklärte Svea. »Aber jetzt verrat mir, was du vorhast.«
»Ich zeig es dir.« Julia band Spikey neben Yasmin am Viereck fest und zog die Schachtel mit dem getrockneten Blatt aus der Tasche. Nachdem sie sich verge-

116

wissert hatte, dass niemand anders in der Nähe war, öffnete sie den Deckel für ihre Freundin.

»Ein trockenes altes Blatt«, stellte Svea enttäuscht fest. »Und deshalb tust du so geheimnisvoll? Ich glaub, du spinnst.«

»Das ist kein gewöhnliches Blatt«, erklärte Julia. »Das ist ...« Sie beugte sich vor und flüsterte ihrer Freundin ins Ohr.

»Cannabis?« Svea riss erstaunt die Augen auf. »Das ist doch das Zeug, aus dem ...«

»Schscht!« Julia legte mahnend den Zeigefinger auf die Lippen. »Genau das«, sagte sie und ließ die Schachtel wieder in der Tasche verschwinden.

»Mensch, das ist doch verboten«, flüsterte Svea erschrocken. »Wo hast du das Blatt her? Und was willst du mit den Pflanzen?«

Julia zögerte. Was sollte sie antworten? »Das ..., das ist für die Schule«, sagte sie schließlich, weil ihr so schnell nichts Besseres einfiel.

»Für die Schule?« Svea war deutlich anzusehen, dass sie das nicht so recht glaubte. »Blätter von Laubbäumen und verschiedene Gräser mussten wir auch schon mal suchen, aber Cannabis?« Sie schüttelte den Kopf. »Was habt ihr denn für eine Lehrerin?«

Julia lächelte gezwungen. »Es handelt sich um ... eine Wette.«

»Eine Wette?«

»Ja. Wir behandeln im Unterricht gerade Drogen, und meine Biolehrerin behauptet, dass es hier keinen wild wachsenden Cannabis gibt.« Sobald sie mit der Geschichte begonnen hatte, fiel es ihr gar nicht mehr schwer, die passenden Worte zu finden. »Ich habe aber letztes Jahr in der Zeitung gelesen ...« Sie erzählte Svea die Geschichte von dem Zwissauer Polizeihund und fuhr fort: »Frau Schmidt-Malter wollte mir trotzdem nicht glauben. Deshalb habe ich mit ihr gewettet, dass ich eine Cannabispflanze finde und morgen mit zum Unterricht bringe. Filko mit seiner tollen Spürnase findet bestimmt was. Frau Schmidt-Malter war sogar so nett, mir das Blatt auszuleihen, damit ...«

»Julia!«, unterbrach Svea ihre Freundin. »Weißt du eigentlich, welchen Monat wir haben?«

»April. Wieso?«

»Korrekt.« Svea nickte schulmeisterlich. »Dann schau dich doch bitte mal um. Was siehst du?«

»Yasmin, Spikey, dich, die Sonne scheint ...«

»Nein.« Svea verdrehte in gespielter Verzweiflung die Augen. »Sieh dir mal die Büsche und Bäume an.«

»Die sind kahl«, stellte Julia fest.

»Eben.«

»Wie?« Julia wusste noch immer nicht, worauf ihre Freundin hinauswollte.

»Na, es wächst noch nicht viel, verstehst du?« Svea sah ihre Freundin eindringlich an. »Cannabis«, erklärte sie leise, »braucht sicher viel Wärme, um zu wachsen. Wenn überhaupt, findest du die Pflanze nur im Sommer. Aber jetzt? Wo es noch so kalt ist?«

»Na ja«, räumte Julia ein. »Ich hatte gehofft, dass wir in den Gewächshäusern der verlassenen Gärtnerei etwas finden.«

Sie seufzte leise. Diese Gärtnerei war der einzige Ort, an dem sie suchen konnte, ohne lange Erklärungen abgeben zu müssen. Für alle anderen würde sie sich eine mächtig gute Ausrede einfallen lassen müssen, denn die Frage, warum sie gerade nach einer Cannabispflanze suchte, würde ihr mit Sicherheit überall gestellt werden.

»Wir können ja mal hinreiten und uns umsehen«, hörte sie Svea munter sagen. »Wir spielen Polizistinnen und lassen Filko an dem Blatt schnuppern, wenn wir bei der Gärtnerei sind. Wer weiß, vielleicht findet er doch was.«

»Hoffentlich.« Julia bezweifelte inzwischen, dass ihr Plan Erfolg haben würde. Es machte wohl kaum Sinn, nach einer Pflanze zu suchen, deren Anbau verboten war und der es im Frühling viel zu kalt war. Aber was sollte sie tun? Andere Möglichkeiten als die umliegenden Gärtnereien abzuklappern oder, falls das nichts brachte, im Internet zu stöbern, fielen ihr nicht ein.

Fünfzehn Minuten später saßen Julia und Svea im Sattel und ritten den Sandweg zum Danauer Forst entlang. Der Schnee vom Wochenende war inzwischen auch aus den schattigsten Ecken verschwunden, die Sonne schien und der leichte Wind trug einen Hauch von Frühling in sich.

119

Filko eilte ihnen schnuppernd und schnüffelnd voraus, überglücklich, endlich die lästige Leine los zu sein. Hin und wieder verschwand er im Gebüsch, um einer Fährte nachzujagen. Svea hatte vorsorglich eine Hundepfeife mitgenommen, deren Klang den hervorragend abgerichteten Hund sofort zurückholte, wenn er zu lange fortblieb. Dann trottete er eine Zeit lang brav neben den Pferden her, bis ein neuer Geruch seine Aufmerksamkeit erregte.

»Du bist nicht gerade gesprächig heute«, stellte Svea nach der Hälfte des Wegs fest und lenkte Yasmin neben den vorausgehenden Spikey, um sich besser mit Julia unterhalten zu können. »Ärgerst du dich immer noch wegen Anita?«

Anita? Julia musste kurz überlegen, was Svea meinte, dann schüttelte sie den Kopf. »Ach, das habe ich längst vergessen.«

»Ich auch, aber Carolin ist ganz schön sauer. Vierte von fünf! Da wäre ich auch enttäuscht. Aber sie benimmt sich unmöglich. Gestern Abend wollte sie nicht einmal mit mir telefonieren. Dabei kann ich gar nichts dafür, wie die Preisrichter entscheiden. Blafft mich an, weil ich den zweiten Platz gemacht habe, obwohl wir uns vorher einig waren, dass es egal ist, wer von uns gewinnt.«

»Ich glaub, sie meint das nicht so«, sagte Julia. »Sie ärgert sich nur fürchterlich darüber, dass Anita gekommen ist. Das hat nichts mit dir zu tun. Bis zum Wochenende hat sie sich wieder beruhigt.«

120

»Da kennst du Caro aber schlecht«, meinte Svea.
»Die kann nachtragend sein.«
In diesem Augenblick sauste Filko aufgeregt kläffend
in den Wald. Sekunden später hörten die beiden
Mädchen ein Pferd wiehern. Äste knackten und
Hufschlag ertönte, dann brach ein Schimmel mit
Reiterin durch das Unterholz, gefolgt von dem bel-
lenden Hund.
Mailin! Julia hielt vor Schreck den Atem an. Sie zügelte Spikey und starrte das Elfenmädchen sprachlos
an. »Filko!«, hörte sie Svea rufen und sah, wie ihre
Freundin die Hundepfeife an die Lippen hob.
Gleichzeitig griff sie nach der langen Leine und
schwang sich aus dem Sattel.
»Filko! Sitz!«, rief sie noch einmal streng. Der Schäferhund parierte sofort. Den fremden Schimmel
wachsam im Blick setzte er sich und bellte nur noch
verhalten. »Oh, das ..., das tut mir schrecklich Leid«,
entschuldigte sich Svea bei der fremden Reiterin, die
noch immer versuchte, ihr nervös tänzelndes Pferd
zu beruhigen. »Ich hab keine Ahnung, was plötzlich
in Filko gefahren ist«, erklärte Svea weiter, der das
Verhalten ihres Schäferhundes sichtlich peinlich war.
Eilig nahm sie ihn an die Leine und zog ihn von dem
Schimmel zurück. »Eigentlich ist er den Umgang
mit Pferden gewohnt.«
»Ist schon gut«, sagte das fremde Mädchen so leise,
dass Svea die Worte kaum verstand. »Es ist ja nichts
passiert. Mein Pferd ist nicht an Hunde gewöhnt.«

121

»Dann lasse ich Filko wohl besser angeleint«, meinte Svea und schwang sich in den Sattel. Mit Filko an der Leine betrachtete sie Mailin mit einem schwer zu deutenden Blick. »Wo kommst du eigentlich her?«, fragte sie schließlich. »Ich habe dich hier noch nie reiten sehen.«

Julia atmete tief durch. Wenn das nur gut ging! Mailins seltsamer Akzent war nicht zu überhören. Warum hatte sie nicht auf sie gehört und am Springgarten gewartet, bis sie zurückkam? Jetzt war alles nur noch komplizierter.

»Ich besuche meine Tante«, log Mailin. »Ich bin das erste Mal bei ihr und wollte mich ein wenig in der Gegend umsehen.«

»Ach so.« Svea nickte und fragte: »Wo wohnt denn deine Tante?«

»Irgendwo dahinten.« Mailin deutete wahllos in den Wald hinein.

»Da sind weit und breit keine Häuser.«

»Nicht?«, fragte Mailin betroffen. »Dann ist es wohl dort.« Sie zeigte in die entgegengesetzte Richtung.

»Da auch nicht.«

»Oh!«

Julia erkannte, dass Mailin langsam in Schwierigkeiten kam, und entschloss sich einzugreifen. »Falls Hauptkommissarin Svea das Verhör jetzt beenden könnte, wäre es vielleicht möglich, endlich weiterzureiten. Merkst du nicht, dass sie sich verirrt hat?« Ohne Sveas Antwort abzuwarten, wandte sie sich an

Mailin. »Seit wann reitest du denn schon durch den Wald?« Sie hoffte inständig, dass Mailin das Spiel weiterhin mitmachte, und das Elfenmädchen enttäuschte sie nicht.

»Seit kurz nach Mittag«, erklärte Mailin und bemühte sich niedergeschlagen zu wirken. »Ich suche schon seit einer Ewigkeit nach dem Weg, auf dem ich in den Wald gekommen bin, finde ihn aber nicht.«

»Und von wo kommst du?«

»Ach, da war so ein Springgarten aus umgestürzten Bäumen ...«

»Aber das ist ja am Reiterhof!«, rief Svea aus. »Da können wir dich leicht wieder hinbringen. Wir kommen nämlich auch von dort.«

»Ehrlich?« Mailin strahlte Svea glücklich an. Das Ganze wirkte so echt, dass Julia nur staunen konnte. »Das geht nicht, Svea«, wandte sie ein. »Wir müssen erst zur Gärtnerei.«

»Ach ja, stimmt.« Svea sah betrübt drein, aber dann hellte sich ihr Gesicht auf. »Dann reite doch mit uns«, lud sie das fremde Mädchen ein. »Wir machen gerade einen kleinen Ausritt, aber um halb sechs müssen wir wieder am Reiterhof sein. So findest du garantiert zurück.« Sie stutzte und schien zu überlegen. »Oder dauert das zu lange und deine Tante macht sich Sorgen?«

»Nein, nein, das geht schon. Meine Tante ist sowieso nicht daheim, sie ist ...« Mailin warf Julia einen Hilfe suchenden Blick zu.

»Einkaufen?«, half diese aus.

»Einkaufen, genau, das wollte sie.« Das Elfenmädchen nickte eifrig.

»Na gut, dann ist alles klar.« Svea lenkte Yasmin auf den Pfad zurück und ritt ein Stück voraus. »Ich reite ganz vorn und du hinterher«, verkündete sie an Mailin gewandt. »Dann braucht sich dein Pferd wegen Filko nicht zu ängstigen.«

»Mach ich!« Mailin ließ Gohin an Julia vorbeigehen und lächelte ihr verschmitzt zu, was wohl so viel heißen sollte wie: Siehst du, jetzt reite ich doch mit. Julia gab sich seufzend geschlagen. Nur gut, dass Carolin nicht dabei ist, dachte sie und schnalzte mit der Zunge, damit Spikey sich in Bewegung setzte. Die hätte Mailin sofort wieder erkannt und sicher dumme Fragen gestellt, weil sie das Elfenmädchen im vergangenen Sommer gesehen hatte und seitdem für eine von Julias Auerbacher Freundinnen hielt. Svea hingegen war Mailin noch nie zuvor begegnet. Da konnte eigentlich nichts schief gehen.

Eigentlich! Nachdem die drei ungefähr zehn Minuten durch den Wald geritten waren, ließ Svea Yasmin langsamer gehen und winkte Julia heran. »Weißt du, was komisch ist?«, flüsterte sie ihr zu.

»Nein, was?«

»Dass die dahinten« – Svea deutete mit einem Kopfnicken auf Mailin – »genau die gleiche Jacke und Mütze hat, wie du sie manchmal trägst. Und die Boots kommen mir auch bekannt vor.«

124

»Du bist wirklich die Tochter eines Polizisten.« Julia bemühte sich, sich ihr Herzklopfen nicht anmerken zu lassen. »Überall siehst du mysteriöse Dinge und Zusammenhänge. Wahrscheinlich hat sie den gleichen Geschmack wie ich. Die Sachen gab es letztes Jahr überall zu kaufen.«

»Hm.« Die Antwort schien Svea nicht zu überzeugen, aber sie fragte nicht weiter nach, denn nun tauchte vor ihnen zwischen den Bäumen die Lichtung mit den Gewächshäusern auf.

Geheimnis um die Gärtnerei

»So ein Mist!« Fassungslos starrte Julia auf den drei Meter hohen, mit Stacheldraht versehenen Zaun, der das Gelände der Gärtnerei umgab. »Das darf doch nicht wahr sein. Ich könnte schwören, dass der Zaun letzten Herbst noch nicht da war.«

»Das Grundstück ist inzwischen bestimmt verkauft worden«, vermutete Svea und deutete auf den Boden. »Sieh nur, der Zaun ist ganz neu. Die Stellen, wo die Pfosten in der Erde stecken, sind noch gar nicht zugewachsen.«

Julia nickte. Ihre Freundin hatte Recht. Die Spuren, die die Arbeiter hinterlassen hatten, waren deutlich zu sehen. Irgendjemand hatte sich hier vor nicht allzu langer Zeit sehr viel Mühe gegeben, Fremde am Betreten des Grundstücks zu hindern. Sie reckte den Hals und schaute zu den Gewächshäusern hinüber. Im Gegensatz zu dem imposanten Zaun, der geeignet schien, selbst Schwerverbrecher abzuhalten, waren die flachen, verglasten Gebäude nur notdürftig renoviert worden. Man hatte ein paar zerbrochene Glasscheiben erneuert und die unteren Scheibenreihen weiß überstrichen, sodass man nicht hineinsehen konnte.

»Komisch.« Svea lenkte Yasmin dicht an den Zaun heran. »Da stellen die neuen Besitzer hier einen so bombastischen Zaun auf, dass man meinen könnte, drinnen befindet sich etwas ungeheuer Wichtiges, und dann ist alles so verwildert und verwahrlost wie immer. Ich kann auch nirgendwo Arbeiter oder Baumaschinen sehen.«

»Vielleicht haben sie zunächst nur den Zaun aufgestellt und machen den Rest später«, meinte Julia.

»Wer weiß, was hier geplant ist. Eines steht jedenfalls fest: Zu den Gewächshäusern kommen wir nicht.« Sie schüttelte niedergeschlagen den Kopf. Irgendwie war heute nicht ihr Tag. Ein Rückschlag nach dem anderen. Es war deprimierend.

»Wenn wir am Zaun entlangreiten, kommen wir näher an die Gewächshäuser heran«, meinte Svea.

»Und was soll das bringen?«, fragte Julia gereizt.

»Mensch, nun sei doch kein Spielverderber«, entgegnete Svea. »Gut, die Wette hast du vermutlich verloren, aber wo wir schon mal da sind, können wir auch nachsehen, was hier läuft. Irgendwo finden wir sicher ein Schild mit einer Baustellenaufschrift: Hier baut das Landesamt für Naturschutz ... und so weiter. Betreten der Baustelle verboten. Eltern haften für ihre Kinder.«

»Ich würde lieber meine Wette gewinnen, als Sherlock Holmes zu spielen«, murrte Julia. Ihre Laune verschlechterte sich beständig.

»Wir können Filko hier draußen suchen lassen«, schlug Svea vor. »Wenn es da drinnen irgendwo Cannabis gegeben hat, hat der Wind die Samen vielleicht bis hierher getragen.« Sie zog die Schultern hoch und machte eine entschuldigende Geste. »Tut mir Leid, etwas Besseres fällt mir nicht ein.«

»Deinen Optimismus möchte ich haben«, brummte Julia, holte aber dennoch die Schachtel mit dem Cannabisblatt aus der Tasche und stieg vom Pferd. Svea schwang sich von Yasmins Rücken und hielt Filko am Halsband fest. »Na, dann wollen wir mal sehen, was du für eine super Spürnase bist«, sagte sie, während ihr Julia die geöffnete Schachtel reichte. »Hier, Filko, schnupper mal«, forderte sie den Schäferhund auf. »Das kennst du doch.«

Die Reaktion des Hundes war so erstaunlich, dass sie selbst Svea überraschte.

Zunächst schnupperte Filko nur neugierig an der Schachtel, doch dann begann er zu winseln und sich unter Sveas Griff zu winden. Immer wieder stellte er

127

sich auf die Hinterbeine und versuchte unbändig sich zu befreien.

»Ich glaube, er hat eine Spur«, stöhnte Svea, die alle Mühe hatte, Filko festzuhalten. »Am besten lassen wir die Pferde hier, nehmen Filko – Sitz, Filko! – an die kurze Leine und folgen ihm durch den Wald«, schlug sie vor.

»Worauf wartest du noch?« Plötzlich war Julias schlechte Laune wie weggeblasen. »Kommst du auch mit?«, wandte sie sich überflüssigerweise an Mailin, denn das Elfenmädchen war bereits abgesessen und hatte Gohin an einen dünnen Baum gebunden. Sie lachte und zwinkerte Julia zu, während diese sich daranmachte, Spikey ebenfalls anzubinden.

»Filko!« Sveas Aufschrei ließ beide herumfahren. Julia sah gerade noch, wie etwas Großes, Braunes mit wenigen Sätzen im Gebüsch verschwand, da rief Svea schon wieder: »Filko, zurück!« Der Hund reagierte nicht. Hastig suchte sie in ihrer Jackentasche nach der Hundepfeife und blies kräftig hinein, aber auch das konnte Filko nicht zurückbringen.

»Das darf doch nicht wahr sein«, seufzte Svea niedergeschlagen und ließ die Pfeife sinken. »Jetzt ist er abgehauen.«

»Und was machen wir jetzt?«, fragte Julia, die sich mit Hunden nicht besonders gut auskannte.

»Warten? Ich hab ehrlich keine Ahnung«, gab Svea kopfschüttelnd zu. »Mein Vater hat gesagt, wenn Filko einmal zu weit wegläuft, soll ich warten und immer wieder die Pfeife benutzen, irgendwann würde er schon zurückkommen.«

»Irgendwann? Na, das sind tolle Aussichten«, sagte Julia, ließ sich in Gras plumpsen und lehnte sich an den Zaun. »Dann fang gleich mal an zu pfeifen.«

»Dahinten ist er!« Mailin deutete auf das Gelände der Gärtnerei, wo Filko mit langen Sätzen auf eines der Gewächshäuser zustürmte.

»Ach, du meine Güte! Wie ist er denn dahin gekommen?« Svea blies in ihre Hundepfeife. Als der Schäferhund wieder nicht gehorchte, packte sie das Gitter des Zauns mit beiden Händen, rüttelte heftig daran und rief, so laut sie konnte: »Filko! Zurück! Filko!« – Vergeblich. Filko war so beschäftigt, dass er nicht gehorchte. Schnüffelnd und schnuppernd strich er um das Gewächshaus herum und war nicht mehr zu sehen. »So ein Mist!«, schimpfte Svea. »Was mach ich bloß, wenn er nicht wieder auftaucht? Ich kann doch nicht ohne ihn nach Hause reiten.«

»Ach, er wird schon zurückkommen«, versuchte Julia sie zu trösten. »Wir haben noch Zeit. Tu einfach, was dein Vater gesagt hat.«

Aber alles Pfeifen blieb vergebens. Filko dachte gar nicht daran, die Spurensuche zu beenden. Ein paarmal hörten sie ihn noch bellen, dann war es still.

»Jetzt ist er schon mindestens eine Viertelstunde weg.« Julia schaute auf die Armbanduhr. Mailin und Svea, die immer wieder in die Hundepfeife blies, hatten sich an den Zaun gesetzt und warteten.

»Toller Polizeihund«, murmelte Svea verärgert. »Gehorcht aufs Wort. Den nehme ich nie wieder auf einen Ausritt mit, darauf könnt ihr euch verlassen.«

»Tut mir Leid, dass ich dich dazu überredet habe«, sagte Julia. »Wenn ich geahnt hätte, dass es solche Probleme ...« Sie verstummte.

»Was ist?«, fragte Svea, doch Julia legte mahnend den Finger auf die Lippen und lauschte.

Tatsächlich. Von irgendwoher ertönten plötzlich Geräusche, die wie Schritte klangen. Gebüsch raschelte, Äste knackten und zwischendurch war ein leises Knurren zu hören. Augenblicklich sprangen die Mädchen auf.

»Es kommt von dort«, flüsterte Mailin und deutete am Zaun entlang.

Gebannt starrte sie in die Richtung, aus der sich die Schritte näherten. Auch die Ponys hatten wachsam die Ohren aufgestellt.

»He, ist das euer Köter?« Zwei Männer in dunklen Overalls kamen auf dem schmalen Trampelpfad, der sich am Zaun entlangschlängelte, auf sie zu. Der erste trug einen ungepflegten Bart und hielt einen Schäferhund mit Maulkorb am Halsband gepackt.

»Filko!«, rief Svea erleichtert und erschrocken zugleich, hob die Leine vom Boden auf und lief los, um den Hund in Empfang zu nehmen.

Doch der Mann riss Filko zurück. »Das ist Privatgelände«, erklärte er unfreundlich. »Habt ihr die Schilder nicht gesehen?«

»Schilder?«, fragte Julia und blickte sich suchend um.
»Nein, haben wir nicht. Wir sind durch den Wald
geritten und wollten hier eine Pause machen.« Sie
deutete auf den Zaun. »Da sind keine Schilder.«
»Und wie ist euer Köter auf das Gelände gekommen?«, wollte der Mann wissen.
»Keine Ahnung«, erwiderte Svea wahrheitsgemäß.
»Er ist abgehauen und war plötzlich drüben. Kann
ich ihn jetzt bitte an die Leine nehmen? Sie tun ihm
weh.«
»Da hast du ihn.« Der Bärtige trat vor, damit Svea
den Karabiner der Leine am Halsband befestigen
konnte. »Lass ihn bloß nicht wieder frei herumlau-
fen«, ermahnte er sie barsch. »Der ist verdammt bis-
sig. Drei Mann waren nötig, um ihm den Maulkorb
anzulegen. Meinen Kollegen hat er dabei in den Arm
gebissen. Du kannst froh sein, dass er dich nicht an-
zeigt.« Der andere Mann hob zum Beweis den notdürftig verbundenen Arm, wobei er das Gesicht
schmerzhaft verzog.
»Das ... tut mir Leid«, murmelte Svea schuldbewusst,
während sie beobachtete, wie der Mann Filko vorsichtig den Maulkorb abnahm. »Filko ist hervorragend ausgebildet und gehorcht aufs Wort. Ich weiß
auch nicht, was plötzlich in ihn gefahren ist.« Hastig
zog sie den Schäferhund von den Männern fort,
doch Filko ließ die beiden nicht aus den Augen und
knurrte drohend.
»Jetzt verschwindet!«, rief der Mann mit dem Bart

und deutete in den Wald. »Und lasst euch hier nicht wieder blicken. Schon gar nicht mit dem Köter. Sonst überlegen wir es uns vielleicht anders und es gibt doch noch eine Anzeige.«

»Wir gehen ja schon.« Julia winkte den anderen, ihr zu folgen, und eilte zu den Pferden. Die Männer waren ihr nicht geheuer und sie zog es vor, aus ihrer Umgebung zu verschwinden, bevor sie sich mit Svea und Mailin beriet. Es gab da nämlich ein paar Dinge, die ihr aufgefallen waren.

»Ob ich etwas bemerkt habe? Wie meinst du das?« Svea runzelte die Stirn. Offensichtlich konnte sie mit Julias Frage nicht viel anfangen. Nachdem sie etwa eine Viertelstunde geritten waren, hatte ihre Freundin Spikey anhalten lassen und gewartet, bis die anderen zu ihr aufschlossen.

»Bis auf die Tatsache, dass die beiden total unfreundlich waren, hab ich nichts Ungewöhnliches feststellen können«, meinte Svea schließlich.

»Hast du nicht gesehen, dass sie bewaffnet waren?«

»Bewaffnet? Nein«, gab Svea zu. »Ich hatte nur Augen für Filko.«

»Beide Männer hatten Pistolen am Gürtel«, berichtete Julia. »Das ist merkwürdig. Findest du nicht? Nicht genug, dass so ein verlassenes Gelände plötzlich meterhoch eingezäunt ist. Es wird sogar von bewaffneten Männern bewacht. Das muss eine Polizistentochter doch stutzig machen. Wenn du mich fragst, haben die etwas zu verheimlichen.«

132

»Terroristen in Neu Horsterfelde«, witzelte Svea.
»Oder ein geheimes Chemiewaffen-Labor.« Lachend
schüttelte sie den Kopf. »Julia, du siehst Gespenster«,
meinte sie und wandte sich an Filko. »Erzähl du uns
doch mal, was du gesehen hast.« Da er nicht antwortete, erklärte sie: »Kommissarin Julia, Zeuge Filko
verweigert die Aussage.«
»Lass den Quatsch, Svea.« Julia war die ganze Sache
viel zu ernst, um herumzualbern. »Da ist bestimmt
was faul. Wunderst du dich denn gar nicht, wie die
uns so schnell gefunden haben?«
»Wahrscheinlich haben sie uns gehört.«
»Blödsinn, das Gelände ist riesig. Nein, da waren
kleine Kameras auf dem Zaun. Ungefähr alle zwanzig Meter. Zwei habe ich gesehen.« Julia war richtig
aufgeregt. »Das ist doch verdächtig. Warum instal-
liert man so eine teure Anlage? Wohl nicht, damit
keiner den Löwenzahn klaut. Hinter dem Zaun
muss etwa ganz Wichtiges sein«, schlussfolgerte sie.
»Etwas, das keiner sehen soll. Etwas ...«
»... das uns absolut nichts angeht. Ich reite da jedenfalls nicht noch einmal hin, um Detektiv zu spielen.
Und jetzt müssen wir zurück, es ist schon spät. Tut
mir Leid, dass ich dir bei deiner Wette nicht helfen
konnte«, sagte Svea, nahm die Zügel zur Hand und
schnalzte leise mit der Zunge. Damit war das Thema
für sie erledigt.
Für Julia allerdings noch lange nicht. Sie hatte einen
Verdacht, der ihr keine Ruhe ließ.

133

»Wir reiten später noch mal hin«, flüsterte sie Mailin zu, als Svea es nicht sehen konnte, und das Elfenmädchen nickte.

Nächtliche Spurensuche

»Es ist gleich halb sechs«, erklärte Svea nach einem Blick auf die Uhr. »Sagtest du nicht, dass du heute auch früh nach Hause musst?«
»Schon, aber ich möchte erst noch ein wenig springen«, log Julia. »Die verlorene Wette geht mir nicht aus dem Sinn. Vielleicht fühle ich mich besser, wenn ich ein paar schöne Sprünge geschafft habe.«
»Ich kann aber nicht länger bleiben«, erwiderte Svea. »Meine Mutter kommt um sechs. Du weißt doch: Die Vokabeln rufen.«
»Ich würde gern mitspringen – wenn ich darf«, warf Mailin schüchtern ein. »Von hier aus finde ich den Weg zum Haus meiner Tante auch allein.«
»Also gut, springen wir zusammen.« Julia zwinkerte Mailin unauffällig zu.
»Na, dann viel Spaß.« Svea, die Filko immer noch an der langen Leine führte, ritt mit Yasmin langsam in Richtung Reiterhof. »Wir sehen uns übermorgen in der Reitstunde!«, rief sie Julia zu.
»Ja, bis übermorgen, und vielen Dank für deine Hil-

fe.« Julia lenkte Spikey in Richtung Springgarten. Das Pony bockte. Es war müde und wollte in den Stall zurück. Doch Julia ließ nicht locker, und schließlich trottete es widerwillig in den Wald.

»Was hast du vor?«, fragte Mailin neugierig.

Julia legte mahnend den Finger auf die Lippen. »Moment, ich will erst ganz sicher sein, dass Svea uns nicht mehr hören kann«, flüsterte sie hinter vorgehaltener Hand und reckte spähend den Hals. Wenig später erkannte sie durch die Bäume hindurch eine einsame Reiterin auf dem Weg zur Danauer Mühle und atmete auf.

Sie schwang sich aus dem Sattel und ließ Spikey grasen. »So, jetzt können wir reden.«

»Du bist also fest entschlossen, noch einmal zu dieser Gärtnerei zu reiten?«, fragte Mailin, als Julia ihr erklärte, was sie vorhatte.

»Unbedingt. Hinter dem Zaun verbirgt sich ein Geheimnis, da bin ich mir ganz sicher«, sagte Julia. »Ein Geheimnis, das mit den Pflanzen zu tun hat, nach denen du suchst. Filko hat bestimmt etwas gerochen. Sonst wäre er niemals auf das Gelände gelaufen, ohne auf Sveas Pfeifen zu hören.«

»Aber der Zaun und die Wachen«, gab Mailin zu bedenken. »Da kommen wir niemals durch.«

»Und die Videokameras«, ergänzte Julia. »Du hast Recht, das Gelände wird gut bewacht. Wieder ein Zeichen dafür, dass dort etwas nicht stimmt. Wer

135

nichts zu verbergen hat, braucht sich nicht so abzuschotten. Aber du bist doch eine Elfe« – die letzten Worte flüsterte sie lieber –, »du kannst dich unsichtbar machen. Wenn wir die Stelle finden, an der Filko auf das Gelände gekommen ist, ein Loch im Zaun, ein kleines Tor, irgendetwas in der Art, kannst du sicher auf demselben Weg hineinkommen und dich bei den Gewächshäusern umsehen.«

»Und du bist sicher, dass wir dort Balsariskraut finden?«, fragte Mailin zweifelnd.

»Sagen wir mal: zu siebzig Prozent. Die Hinweise sprechen dafür, aber ich kann mich natürlich auch täuschen. Versuchen sollten wir es auf alle Fälle.«

»Musst du denn gar nicht nach Hause?«

»Noch nicht. Meine Eltern sind heute lange weg. Aber ich muss Spikey zurückbringen, sonst machen sie sich auf dem Reiterhof Sorgen. Bis halb sieben müssen alle Ausritte beendet sein, damit die Pferde Feierabend haben.«

»Feierabend?«

»Na, damit sie sich ausruhen können. Meinst du, Gohin kann uns beide noch mal zur Gärtnerei tragen?«, fragte Julia.

»Klar. Elfenpferde werden nicht so schnell müde.«

»Gut. Dann bring ich Spikey jetzt in die Box und komm mit dem Fahrrad wieder hierher.«

»In Ordnung. Ich warte hier.« Mailin beobachtete, wie sich Julia in den Sattel schwang und mit Spikey davonritt.

136

Eine Ewigkeit schien vergangen, bis das Elfenmädchen endlich hörte, dass ihre Freundin wiederkam. Die Dämmerung hielt bereits Einzug in den Wald und es wurde kühl. Der Mond stand hoch am wolkenlosen Himmel. Hoffentlich würde das Mondlicht ausreichen, um den Weg zurückzufinden.

»Mailin, bist du noch da?« Keuchend lehnte Julia ihr Mountainbike an einen Buchenstamm und blickte sich um. Ihr Gesicht war von der Anstrengung der schnellen Fahrt gerötet.

»Das hat aber lange gedauert.« Mailin kroch aus dem Gebüsch hervor.

»Tut mir Leid, ich hab mich wirklich beeilt.« Julia holte zwei Mohnstangen und zwei kleine Limoflaschen aus den Jackentaschen hervor. »Hier, ich hab uns Verpflegung mitgebracht. Der Bäcker hat gerade die Futterspende für die Pferde vorbeigebracht. Da hab ich uns gleich was mitgenommen. Ich bin schon am Verhungern.«

»Pferdefutter?« Mailin sah die Mohnstange misstrauisch an.

»Nee, das ist kein Pferdefutter.« Julia lachte. »Das ist ganz normales Brot, das der Bäcker heute nicht verkauft hat«, erklärte sie mit vollem Mund. »Und weil niemand Brot vom Vortag kaufen möchte, bekommt es der Reiterhof für die Pferde. Probier mal, es schmeckt lecker. Svea, Caro und ich holen uns öfter mal Brot oder Brötchen, wenn wir länger bei den Pferden sind.«

Zögernd biss Mailin in die Mohnstange und nickte. »Stimmt, schmeckt gut.« Sie hielt Julia die Limoflasche entgegen. »Und wie geht das auf?«

»Einfach nur drehen.« Julia öffnete die Flasche für Mailin.

»Warum zischt das so?«

»Da ist Kohlensäure drin. Es prickelt ein bisschen auf der Zunge.« Julia hob ihre Flasche an die Lippen und nahm einen großen Schluck.

Mailin tat es ihr gleich und machte ein verdutztes Gesicht. »Das kitzelt«, stellte sie lachend fest und trank gleich noch einmal.

»Kannst du Gohin rufen?«, fragte Julia nach einem Blick auf die Armbanduhr. »Es ist schon nach halb sieben. Um Mitternacht kommen meine Eltern zurück, dann muss ich auf jeden Fall zu Hause sein.«

Mailin stieß einen leisen Pfiff aus und das weiße Elfenpferd trabte herbei. Die beiden Mädchen saßen auf und Mailin lenkte Gohin den Weg zurück zur Gärtnerei.

Es war schon fast dunkel, als sie sich dem gut bewachten Gelände näherten. Zwanzig Meter vom Zaun entfernt saßen die beiden ab und Mailin band die Zügel des Pferdes an einem Baum fest. »Warte hier«, flüsterte sie ihm ins Ohr. »Und sei schön leise.« Dann schlichen die Mädchen davon. Vorsichtig bahnten sie sich ihren Weg durch das Gestrüpp. Julias Nerven waren zum Zerreißen gespannt. Das raschelnde Laub und die knackenden Zweige am

Boden erschienen ihr laut und verräterisch und sie
blickte immer wieder zum nahen Zaun hinüber, um
die Videokameras rechtzeitig zu entdecken. Sie bemerkte, dass einige der Gewächshäuser schwach
beleuchtet waren. Also lag sie wohl richtig mit ihrer
Vermutung, dass sich darin noch etwas anderes
befand als Unkraut und verwilderte Pflanzen aus der
alten Gärtnerei.
Plötzlich erstarrte Julia mitten in der Bewegung.
Unmittelbar vor ihr, auf einem der Zaunpfähle, war
eine Videokamera befestigt.
»Halt!«, zischte sie Mailin zu, duckte sich und huschte eilig in den Schatten eines Brombeerstrauchs.
»Was ist denn?« Mailin folgte ihr und sah sie verwundert an.
»Da oben ist eine Überwachungskamera.« Julia deutete auf den stählernen Pfahl, auf dessen Spitze ein
kleiner grauer Kasten thronte.
»Eine was?«
»Eine Kamera.« Julia überlegte, wie sie dem Elfenmädchen mit wenigen Worten die Funktion eines
solchen Gerätes beschreiben konnte. »Die zeichnet
alles auf, was hier draußen passiert, und zeigt es den
Wachleuten drinnen auf einem Bildschirm. Wenn
wir jetzt zum Zaun gehen, können sie uns sehen, obwohl sie dahinten in einer der Baracken sind.«
»Aha.«
Immerhin schien Mailin zu verstehen, dass man sich
vor der Kamera in Acht nehmen musste.

»Am besten, du machst dich jetzt unsichtbar«, flüsterte Julia. »Ich warte solange hier im Gebüsch. Du musst am Zaun entlangschleichen und nach der Stelle Ausschau halten, an der Filko auf das Gelände gelangt ist. Wenn wir Glück haben, ist der Durchschlupf so groß, dass du hindurchpasst. Falls er zu klein ist, bleibt dir nichts anderes übrig, als zu versuchen irgendwie über den Zaun zu kommen. Aber pass auf den Stacheldraht auf, der sieht gefährlich aus. Meinst du, dass du es schaffst?«

»Ich werde mich bemühen.«

Mailin machte eine kurze schlingernde Handbewegung – und verschwand.

»Wow!«, rief Julia und schlug schnell die Hand vor den Mund. »Bist du noch da?«, flüsterte sie.

»Ich stehe noch immer an der gleichen Stelle«, ertönte Mailins Stimme in unmittelbarer Nähe. »Aber gleich gehe ich los. Wünsch mir Glück!«

Laub raschelte und die Äste des Busches bewegten sich wie von Geisterhand, als das Elfenmädchen sich umwandte und auf den Zaun zuschlich.

»Viel Glück«, murmelte Julia und machte es sich auf dem laubbedeckten Boden bequem. Sie konnte Mailin nun nicht mehr helfen. Sie musste abwarten und wachsam bleiben.

Obwohl sie wusste, dass sie nicht zu sehen war, pirschte sich Mailin vorsichtig an das Gärtnereigelände heran. Als sie den Trampelpfad erreichte,

140

der sich am Zaun entlangschlängelte, schlug sie dieselbe Richtung ein, in die Filko am Nachmittag verschwunden war. Irgendwo dort musste es ein Schlupfloch geben, sonst wäre Filko niemals so schnell zu den Gewächshäusern gelangt.

Die Sicht war schlecht. Zwar stand der Mond hoch am Himmel, doch der Weg lag im Schatten der Bäume. Den Blick fest auf den Zaun gerichtet, schlich Mailin den schmalen Pfad entlang. Schritt für Schritt tastete sie sich vorwärts, konnte jedoch nirgendwo ein Schlupfloch entdecken.

Da kann ich ja noch Stunden suchen, dachte sie und blieb ratlos stehen. Langsam ließ sie den Blick am Maschendraht entlangwandern bis zu einem Busch – nichts! Sie schlich weiter, umrundete den Busch, hielt von neuem Ausschau und stutzte. Was war das? Kaum fünf Meter von ihr entfernt war irgendein unförmiger Gegenstand im schwachen Mondlicht zu erkennen. Mailin eilte darauf zu und unterdrückte einen freudigen Ausruf. Sie hatte sich nicht getäuscht. Das unförmige Etwas war ein Haufen frisch aufgeworfener Erde. Dahinter klaffte ein Loch unter dem Zaun, groß genug für einen Schäferhund.

Mailin überlegte, ob es ihr auch gelingen könnte hindurchzuschlüpfen. Sie war gertenschlank und zierlich. Doch mit der dicken Daunenjacke, die Julia ihr geliehen hatte, würde sie es kaum schaffen. Entschlossen zog sie die Jacke aus, behielt sie jedoch in den Händen, damit sie nicht sichtbar wurde. Dann legte sie sich flach auf den Boden und kroch, die Jacke vor sich her schiebend, in das Loch. Sie musste all ihr Geschick aufwenden, um den engen Durchlass zu passieren, aber sie schaffte es. Wenige Minuten später stand sie auf dem Gärtnereigelände.

Als sich ihre Anspannung legte, spürte sie wieder, wie kalt es war, und zog die Daunenjacke über. Die Menschen haben praktische und bequeme Kleidung, stellte sie bewundernd fest und dachte an die schweren, pelzgefütterten Lederjacken der Elfen. Sie schloss den Reißverschluss, wie Julia es ihr gezeigt hatte, und machte sich auf den Weg zu den Gewächshäusern.

Ihr erstes Ziel war das Glashaus, an dem sie Filko gesehen hatte. Durch die beschlagenen Scheiben fiel ein schwacher gelber Lichtschein wie auch bei fünf weiteren Glashäusern. Dass man durch die unteren Scheiben nicht ins Innere des flachen Gebäudes sehen konnte, hatte Mailin schon am Nachmittag bemerkt, und so blickte sie sich während des Laufens immer wieder nach einem geeigneten Gegenstand um, auf den sie sich stellen konnte, um die oberen Fensterreihen zu erreichen. Doch erst als sie sich dem Gewächshaus bis auf wenige Meter genähert hatte, sah sie an der Rückwand etwas, das wie ein alter Stuhl aussah.

Mailin wollte schon loslaufen, um ihn zu holen, da hörte sie plötzlich eine Stimme ganz in der Nähe: »Ich bin jetzt an Haus zwei, Nick.«

Mailin duckte sich und spähte zu den Gewächshäusern hinüber, zwischen denen gerade die dunkle Silhouette eines Mannes hervortrat. Er war groß und breitschultrig und hielt eine sehr helle Laterne in der Hand, deren breiter Lichtkegel rastlos umherhuschte. Als der Schein weniger als einen halben Meter vor Mailin über das Gras strich, presste sie sich erschrocken an den Boden, aber dann fiel ihr ein, dass der Mann sie gar nicht sehen konnte. Wie dumm von mir, schalt sie sich in Gedanken und lächelte über ihre Zerstreutheit.

Vorsichtig richtete sie sich auf und sah, wie der Mann in einen kleinen Kasten sprach, den er sich vor den Mund hielt.

»Hier ist alles in Ordnung«, berichtete er. »Ich gehe jetzt weiter zu drei und vier.«

»Verstanden!«, ertönte eine knisternde Stimme aus dem Kasten. Der Mann steckte das Gerät wieder in die Tasche seines Overalls und entfernte sich langsam. Bald darauf war er zwischen den anderen Glashäusern verschwunden.

Das Elfenmädchen wartete, bis auch der tanzende Lichtschein nicht mehr zu sehen war. Dann erhob sie sich, schlich zur Rückwand des Glashauses, schleppte den alten Stuhl zu einer Stelle, an der die Scheiben nicht so stark beschlagen waren, und kletterte auf die Lehne, um einen Blick ins Innere des Gebäudes zu werfen.

Was sie erblickte, nahm ihr für einen Moment den Atem. Dort erstreckte sich ein großes, von schmalen

143

Wegen durchzogenes Feld grüner Pflanzen. Die Gewächse waren fast einen Meter hoch und an den Stängeln saßen – hastig wischte Mailin mit dem Ärmel über die Scheibe – schlanke fünffingrige Blätter. Balsariskraut! Ihr Herz machte vor Freude einen Sprung. Es gab keinen Zweifel. Da drinnen wuchsen so viele der seltenen Heilpflanzen, dass man damit wahrscheinlich eine ganze Herde Elfenpferde kurieren konnte. Shadow war gerettet! Jetzt musste sie nur noch hineingehen und einen großen Strauß davon pflücken. Mit einem Satz sprang sie vom Stuhl und schlich um das Gebäude herum, um nach dem Eingang zu suchen. Er befand sich auf der Stirnseite des Hauses und war nicht schwer zu finden – dafür aber fest verschlossen.

»Oh nein!« Niedergeschlagen betrachtete Mailin das dicke Vorhängeschloss. So einfach würde sie also nicht hineinkommen. Sie seufzte und überlegte fieberhaft, was sie tun konnte. Sie würde das Balsariskraut holen und war nicht bereit, sich von einer verschlossenen Tür aufhalten zu lassen. So kurz vor dem Ziel gab sie auf keinen Fall auf. Wenn das Schloss nicht zu öffnen war, musste sie auf einem anderen Weg an die Heilpflanzen gelangen – und sie hatte auch schon eine Idee, wie ihr das gelingen würde. Das Vorhaben war nicht ganz ungefährlich und würde mit Sicherheit die Wachleute alarmieren, doch solange sie unsichtbar blieb, würde ihr schon nichts geschehen.

144

Mit weit ausgreifenden Schritten eilte sie um das Glashaus herum zur Rückseite des Gebäudes. Dort hatte sie einige große Feldsteine liegen sehen. Genau das war es, was sie jetzt brauchte.

Schon nach zehn Minuten kam es Julia vor, als wäre Mailin eine Ewigkeit weg.
Nach einer halben Stunde begann sie sich Sorgen zu machen. Ob Mailin schon auf dem Gelände war? Hatte sie die Gewächshäuser erreicht? Hoffentlich war ihr nichts passiert.
Weitere zehn Minuten verstrichen, ohne dass etwas geschah. Angespannt lauschte Julia in die Dunkelheit hinein. Es war fast neun Uhr und der letzte Vogel war längst verstummt. Es war so still, dass sie die rupfenden Geräusche des grasenden Elfenpferdes hören konnte. Sein Schnauben klang unnatürlich laut und unheimlich zu ihr herüber, und Julia spürte, wie Angst in ihr aufstieg. Nie zuvor war sie im Dunkeln so lange allein im Wald gewesen, schon gar nicht in einer unbekannten Gegend.
Ein kleines Tier kreischte ganz in ihrer Nähe auf und Julia hielt den Atem an. Ihr Herz raste und sie wünschte sich nichts sehnlicher, als endlich nach Hause zu reiten, doch sie riss sich zusammen.
»Ich fürchte mich nicht«, murmelte sie leise vor sich hin, als reichten die Worte aus, um die Angst zu vertreiben.
Um sich abzulenken sah sie erneut auf die Uhr. Drei

Minuten nach neun. Wo blieb Mailin nur? Vielleicht war sie in Schwierigkeiten. Julia überlegte gerade, ob sie nach ihr suchen sollte, als von den Gewächshäusern ein lautes Klirren zu hören war, mit dem eine große Glasscheibe in tausend Stücke zersprang.

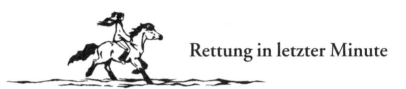

Rettung in letzter Minute

»Oh nein!« Julia hatte plötzlich ganz weiche Knie. Sie wusste nicht, was geschehen war, doch die schrille Alarmsirene, die von dem Gärtnereigelände zu ihr herübertönte, verhieß nichts Gutes.
Und es kam noch schlimmer. Kurz nach dem ersten Sirenenton flammten überall Scheinwerfer auf, die auf langen Masten rings um die Gewächshäuser montiert waren. Von einem Augenblick zum anderen war das ganze Areal in gleißendes Licht getaucht. Julia schloss geblendet die Augen und stolperte durch das Gebüsch auf Gohin zu.
Im Schutz der Bäume, unter denen das Pferd stand, war das Licht nicht so grell. Doch der Sirenenton hatte Gohin mächtig erschreckt. Er bockte, zerrte furchtsam an den Zügeln und wäre vermutlich davongaloppiert, wenn Mailin ihn nicht so sorgfältig festgebunden hätte.
»Ist ja gut.« Julia streckte die Hand aus und versuchte

Gohin sanft über die Nüstern zu streichen. Ihre Nähe schien das Elfenpferd tatsächlich zu beruhigen, es zitterte allerdings noch immer und starrte mit gespitzten Ohren in Richtung der Gärtnerei.

Julia hörte einen Hund bellen und aufgeregte Rufe, die nur vom Wachpersonal stammen konnten. Was sollte sie tun? Von Mailin fehlte jede Spur und die Stimmen klangen bedrohlich nahe.

Ich muss hier weg, schoss es ihr durch den Kopf. Und das Pferd auch. Mit fliegenden Fingern versuchte sie Gohins Zügel vom Baum zu lösen, hatte damit jedoch einige Mühe, denn der Schimmel tänzelte noch immer nervös und konnte es offensichtlich nicht erwarten fortzukommen. Schließlich gelang es ihr. Sie gab dem Elfenpferd einen kräftigen Klaps. »Schnell weg hier!«, sagte sie leise, und schon war Gohin im Unterholz verschwunden. Für einen Augenblick kamen Julia Zweifel, ob sie das Richtige getan hatte, doch sie schob sie energisch beiseite. Das weiße Pferd war im Mondschein viel zu auffällig. Mailin und Gohin würden sich schon irgendwie finden, dessen war sie sich sicher. Das Wichtigste war, hier zu verschwinden, bevor man sie entdeckte.

»Kannst du was sehen?«, hörte sie plötzlich einen Mann rufen, der sich ganz in der Nähe befinden musste. Hastig duckte sie sich in den Schatten eines Brombeerbuschs.

»Nein!«, kam die Antwort von weiter weg. »Hier ist niemand.« Ein Rauschen ertönte, als ob jemand ein

Funkgerät einschaltete, und der erste Mann sagte: »Stellt die verdammte Sirene ab! Ihr hetzt uns noch die Polizei auf den Hals.«

Das schrille Kreischen verstummte. Nur das Rauschen des Funkgeräts war noch zu hören.

Ganz ruhig bleiben, ermahnte Julia sich selbst in Gedanken. Die Stimmen klangen so nah, dass sie kaum zu atmen wagte.

»Habt ihr etwas entdeckt?«, meldete sich eine verzerrte Stimme aus dem Lautsprecher.

»Nur die zerbrochene Scheibe, sonst nichts«, erklärte der Mann. »Freds Hund hat eine Spur gefunden, aber die führte zu einem Fuchsloch am Zaun. Er hat sich aufgeführt wie wild, obwohl weit und breit nichts zu sehen war. Wenn du mich fragst, ist da irgendetwas gegen die Scheibe geknallt.«

»Muss aber ziemlich groß gewesen sein«, tönte es aus dem Funkgerät. »Sucht weiter!«

Der Mann brummte etwas Unverständliches und seine Schritte entfernten sich.

Julia wartete noch einen Moment ab. Schließlich stand sie auf und bewegte sich langsam in den Wald hinein. Zunächst schlich sie leise durch das Unterholz, dann begann sie zu laufen. Sie lief, ohne darauf zu achten, wohin der Weg führte. Hauptsache fort, weit fort von dem Licht und den Wachleuten.

Scharfes Seitenstechen zwang sie schließlich dazu, anzuhalten. Erschöpft lehnte sie sich an einen Baumstamm und rang um Atem. Vor ihren Augen zuckten kleine Blitze, die Beine zitterten und der stechende Schmerz erlaubte es ihr nicht, aufrecht zu stehen. Es dauerte lange, bis sie in der Lage war, sich umzublicken. Das fahle Mondlicht sickerte durch die Baumkronen und warf bizarre Schatten auf den Boden. Die glatten, hoch aufragenden Buchenstämme wirkten starr und abweisend. Eine Buche gabelte sich unten in zwei dicke Stämme, sodass Julia den Eindruck hatte, der Baum würde mit erhobenen Armen vor ihr stehen, um sie zu erschrecken. Wo um alles in der Welt war sie? Wie hatte sie nur so gedankenlos sein können, blindlings davonzurennen?

Angst überfiel sie von neuem. Es war nicht mehr die, von den Männern entdeckt zu werden, sondern eine andere, mindestens ebenso schlimme Angst. Sie ahnte, dass sie sich verlaufen hatte.

Zu Fuß. Mitten in der Nacht. Allein im Wald. Die Gedanken wirbelten durch ihren Kopf und steigerten die Furcht zur Panik. Julia zwang sich energisch zur Ruhe und begann ihre wirbelnden Gedanken zu ordnen. Sie wusste weder, wo sie sich befand, noch hatte sie eine Ahnung, wie weit sie von der Gärtnerei entfernt war. Sie hatte kein Pferd und damit keine Möglichkeit, rechtzeitig nach Hause zu kommen, selbst wenn sie den richtigen Weg finden sollte. Mailin war verschwunden und Gohin davongelaufen – sie war allein.

Julia schloss die Augen und lehnte sich an einen Baum. Wie würde ihr nächtliches Abenteuer enden?

149

In Gedanken sah sie schon den Scheinwerfer eines Polizeihubschraubers über dem Wald, weil ihre Eltern das Bett ihrer Tochter unberührt vorgefunden hatten. Wenn herauskam, dass sie sich nachts allein im Wald herumtrieb, waren mindestens zwei Wochen Stubenarrest fällig. Darüber, wie sie ihr Verhalten vernünftig erklären sollte, wollte sie gar nicht nachdenken.

Sie hielt ihren Arm ins Licht und sah auf die Uhr. Fast halb zehn. Julia seufzte. Das Theater war um elf Uhr zu Ende. Die Fahrt von Zwissau nach Neu Horsterfelde dauerte eine gute halbe Stunde, also würden ihre Eltern spätestens in zweieinhalb Stunden zu Hause sein – wenn nicht früher.

Also, was tun? Einfach drauflosrennen? Unsinn. Dabei würde sie sich höchstens noch mehr verlaufen.

Um Hilfe rufen? Total verrückt. Die Einzigen, die sie hören würden, waren die Wachleute von der Gärtnerei, und denen wollte sie auf keinen Fall begegnen.

Blieb nur umkehren.

Der Gedanke behagte ihr nicht, aber etwas Besseres fiel ihr nicht ein. Nur wenn sie zur Gärtnerei zurückging, hatte sie eine Chance Mailin wieder zu finden. Und nur wenn sie Mailin – und Gohin – entdeckte, konnte sie rechtzeitig nach Hause kommen. Insgeheim ärgerte sie sich maßlos darüber, Hals über Kopf davongelaufen zu sein, doch die Angst hatte das Denken blockiert.

Umso wichtiger war es jetzt, einen kühlen Kopf zu

bewahren. Leichter gesagt als getan. Aus welcher Richtung war sie gekommen? Unschlüssig blickte sich Julia um. Der Mond hatte sich hinter einer Wolke verkrochen und im Wald war es noch dunkler geworden. Wohin sie auch schaute, standen die schlanken Buchenstämme in monotoner Gleichmäßigkeit hintereinander und das Unterholz war so finster, dass es bedrohlich wirkte.

Ich muss mich konzentrieren, dachte Julia und lehnte sich noch einmal an den Baum hinter sich, in der Hoffnung, sich orientieren zu können. Langsam schob sie sich am Stamm entlang und spähte aufmerksam in die Schatten des Waldes. Doch der nächtliche Wald sah überall gleich aus.

Enttäuscht wollte sie aufgeben, da erblickte sie einen auffällig gegabelten Baumstamm, der ihr bekannt vorkam. Genau den hatte sie gesehen, als sie vorhin die Augen öffnete. Julias Herz begann vor Aufregung wild zu pochen. Jetzt musste sie sich nur noch so hinstellen, dass sie den Baum genauso im Blick hatte, und den Weg, den sie gekommen war, in entgegengesetzter Richtung gehen.

Als sie schließlich loslief, war sie sich noch immer nicht hundertprozentig sicher, dass die Richtung stimmte, hatte aber ein gutes Gefühl.

Nach knapp zweihundert Metern erblickte sie einen hellen Lichtschein hinter den Bäumen und ging darauf zu. Das konnte nur die Gärtnerei sein. Aber Julia blieb vorsichtig. Je näher sie dem Licht kam, desto langsamer wurde sie. Am Ende wagte sie sich nur noch im Schutz der Bäume voran und hielt immer wieder inne, um auf Stimmen zu lauschen.

Plötzlich knackte es hinter ihr im Unterholz. Sofort duckte sich Julia hinter einen niedrigen Busch, der allerdings wenig Deckung bot. Da! Es knackte wieder. Und gleich noch einmal. Das waren eindeutig Schritte. Irgendetwas – irgendjemand – näherte sich. Julia hielt den Atem an. In ihren Gedanken tauchten in schneller Folge Bilder von all den entsetzlichen Schreckgestalten auf, denen sie in Büchern oder Filmen begegnet war. Bilder von Vampiren, Werwölfen oder anderen Horrorfiguren, die in der Dunkelheit auf ihre wehrlosen Opfer warten. Wieder knackte ein Zweig und Laub raschelte – diesmal sehr viel näher. Noch nie hatte sich Julia so gefürchtet. Am liebsten wäre sie davongelaufen, doch das hätte sie mit Sicherheit verraten. So harrte sie zitternd in ihrem dürftigen Versteck aus, in der bangen Hoffnung, nicht entdeckt zu werden. Noch ein Knacken. Ganz nah und ganz leise, als setze jemand die Füße unendlich vorsichtig auf den Boden. Bloß weg hier!, schoss es Julia durch den Kopf und sie spannte die Muskeln, um jederzeit lossprinten zu können.

In diesem Augenblick kam der Mond wieder hinter der Wolke hervor. Es wurde heller und Julia erkannte etwas Großes, Weißes, das kaum zwanzig Schritte von ihr entfernt zwischen den Bäumen hervortrat – Gohin. Am liebsten hätte sie vor Erleichterung laut gelacht, doch sie hielt sich zurück, erhob sich und ging langsam auf das Elfenpferd zu. Es war allein. Also war Mailin noch nicht zurückgekehrt. Julia machte sich große Sorgen um ihre Freundin. Hoffentlich war ihr nichts geschehen.

»Gohin«, flüsterte sie und streckte die Hand aus, um das Pferd zu streicheln. Der Schimmel ließ es geschehen und sah Julia auf eine seltsame Weise an. Irgendwie hatte sie das Gefühl, dass er ihr etwas mitteilen wollte, denn in seinem Blick lag etwas, das sie noch nie bei einem Pferd bemerkt hatte.

»Hast du mich gesucht?«, fragte sie sanft.

Gohin schnaubte und machte mit dem Kopf eine Bewegung, die einem Nicken gleichkam.

»Hat Mailin dich geschickt?«

Die Frage wurde von Gohin wieder mit einem Nicken beantwortet.

Er versteht mich, stellte Julia begeistert fest und fragte: »Wo ist sie?«

Gohin scharrte kurz mit dem Vorderhuf und machte zwei Schritte auf den Zaun zu.

»Noch da drin?« Besorgt deutete Julia auf das Gärtnereigelände.

Noch einmal schnaubte Gohin und nickte.

»So ein Mist!« Julia befürchtete das Schlimmste. »Was mache ich denn jetzt?«

Gohin ging noch zwei Schritte auf den Zaun zu, drehte sich zu Julia um und wartete.

»Möchtest du, dass ich dir folge?«, schlussfolgerte Ju-

153

lia, worauf Gohin sich noch weiter von ihr entfernte.

»Gut, ich komme mit.« Julia schloss zu dem Elfenpferd auf und folgte ihm durch das Unterholz. In sicherem Abstand führte er sie am Zaun entlang, bis sie zu der Stelle kamen, an der Julia sich von Mailin getrennt hatte. Das Elfenpferd hielt jedoch nicht an, sondern ging zielstrebig weiter. Julia hatte keine Mühe ihm zu folgen. So dicht am Zaun wurde der Wald von den Scheinwerfern des Gärtnereigeländes erhellt und jedes Hindernis war gut zu sehen.

Ganz unvermittelt blieb Gohin stehen und schnaubte leise.

»Was ist los?«, flüsterte Julia.

Gohin scharrte mit dem Vorderhuf und schüttelte die Mähne.

»Warum gehst du nicht weiter?« Diesmal erhielt sie keine Antwort. Wie dumm von mir, dachte Julia. Ich muss ihm doch Fragen stellen, die mit Ja oder Nein beantwortet werden können.

»Sollen wir hier auf Mailin warten?«, versuchte sie es erneut.

Gohin schüttelte die Mähne.

»Ist sie in Schwierigkeiten? Braucht sie Hilfe?«

Gohin schnaubte und hob den Kopf.

»Dann muss ich« – Julia schluckte und deutete auf den Zaun – »dahin?«

Wieder machte das Elfenpferd eine Bewegung, die einem Nicken sehr ähnlich war.

Julia bekam weiche Knie. Wie sollte sie unbemerkt

über den Zaun kommen? Das ganze Gelände war taghell erleuchtet. Man würde sie sofort entdecken.

»Julia!« Unerwartet drang Mailins dünne Stimme an ihr Ohr. Eigentlich war es mehr ein Flüstern als ein Ruf, und Julia war sicher, dass sich Mailin irgendwo in unmittelbarer Nähe befand. Sie schob alle Bedenken fort und pirschte vorsichtig in die Richtung, aus der die Stimme gekommen war.

»Mailin, wo bist du?«, flüsterte sie und hoffte inständig, dass keine Wachleute vorbeikämen.

»Hier, unter dem Zaun.«

Julia hielt im Schutz der Büsche inne und ließ den Blick an der unteren Kante des Zauns entlangwandern. Das Elfenmädchen war nirgendwo zu sehen, nur an einer Stelle deutete ein Haufen aufgeworfener Erde auf einen kleinen Durchschlupf hin. Er schien groß genug, dass ein schlankes Mädchen hindurchpasste.

»Ich sehe dich nicht«, wisperte Julia. »Wo bist du?«

»Ich stecke in dem Loch fest«, erklärte Mailin leise. »Fast hätte mich der Hund erwischt. Er hat mich gewittert, aber der Wächter hat ihn fortgezogen, weil er mich nicht sehen konnte. Du musst mir helfen, allein komme ich nicht frei.«

»Nur wie?« Julia warf einen besorgten Blick zu der Videokamera, die nicht einmal fünf Meter entfernt auf einem Zaunpfahl thronte. Das Objektiv drehte sich langsam hin und her und beschrieb einen exakten Halbkreis, während es die Umgebung des Zauns

155

auf verdächtige Bewegungen absuchte. »Deine dicke Jacke hat sich in den Drähten des Gitters verfangen«, hörte sie Mailin sagen. »Meine Hände sind auf dieser und meine Beine auf der anderen Seite des Zauns. Ich kann mich nicht bewegen und schon gar nicht selbst befreien.«

»Aber da ist eine Kamera!«, zischte Julia. »Ich schaffe es niemals, unbemerkt an den Zaun zu kommen.«

»Du musst!«, flehte Mailin. »Ich kann meine Tarnung nicht mehr lange aufrechterhalten.«

»So ein Mist!«, schimpfte Julia leise. Wenn Mailin sichtbar wurde, würde die Kamera sie sofort entdecken. Sie hatte keine Wahl, sie musste Mailin so schnell wie möglich aus der gefährlichen Situation retten. Julias Blick wanderte zu der Videokamera, deren Linse sich gerade fast am rechten Anschlag befand. Sie sah auf ihre Armbanduhr und beobachtete konzentriert den Sekundenzeiger, während die Kamera umschwenkte und den Rückweg antrat. Vierzehn, fünfzehn, sechzehn Sekunden. Die Kamera zeigte nun nach links, hielt einen Moment inne und kam wieder zurück. Einunddreißig, zweiunddreißig, dreiunddreißig.

Nur dreißig Sekunden. Das war Wahnsinn. Wie sollte sie Mailin in so kurzer Zeit befreien?

»Julia, beeil dich!«, hörte sie Mailin leise rufen.

»Ich komme!«

Die Überwachungskamera fest im Blick schlich Julia durch das Gebüsch, um so nah wie möglich an Mai-

156

lin heranzukommen. Nur wenige Schritte von dem Loch entfernt hielt sie schließlich inne.

»Hör gut zu, wir haben nur wenige Sekunden Zeit«, flüsterte sie Mailin zu. »Wenn ich ›Los!‹ rufe, musst du dich sichtbar machen. Verstanden?«

»Ja.«

»Ich fasse dich dann an den Händen und versuche dich herauszuziehen«, erklärte Julia weiter.

»Hoffentlich klappt das.«

»Wenn nicht, haben wir ein echtes Problem.« Julia wagte gar nicht daran zu denken, was geschehen würde, wenn die Kamera sie am Zaun entdeckte. Wie lange mochte es wohl dauern, bis die Wachleute hier waren? Sie schob die Bedenken beiseite und wandte sich wieder an Mailin. »Bereit?«, fragte sie, die Augen fest auf die Kamera gerichtet, die sich nun wieder Mailin näherte.

»Kann losgehen«, flüsterte Mailin.

»Achtung …« Die Kamera war jetzt fast am Anschlag. »Fertig …« Sie beendete den Halbkreis und schwenkte um. »Los!« Als die Kamera an ihr vorüber war, sprintete Julia los. Im gleichen Augenblick erschien Mailins Gestalt in dem Loch. Julia ergriff sie bei den Händen und zog mit Leibeskräften.

Ein ratschendes Geräusch ertönte, das unangenehm nach zerreißendem Stoff klang, doch das Elfenmädchen saß noch immer fest.

»Du musst kräftiger ziehen«, schnaufte Mailin.

»Geht nicht.« Julia schaute gehetzt zur Kamera hinü-

157

ber, die sich gerade wieder auf den Rückweg machte. »Wir schaffen es nicht! Mach dich unsichtbar!«, rief sie, ließ Mailins Hände los und hastete zurück in den Schutz der Büsche. Keine Sekunde zu früh. Schon richtete sich die dunkle Linse auf die Stelle, wo sie kurz zuvor gestanden hatte.

Atemlos hielt Julia inne, um zu verschnaufen. Diesmal hatte sie Glück gehabt, doch beim nächsten Mal konnte es schon ganz anders aussehen.

»Versuchs noch einmal, Julia«, hörte sie Mailin eindringlich flüstern.

»Hat keinen Sinn«, erwiderte Julia leise. »Die Jacke hängt total fest. Am besten wäre es, wenn ich ein Messer oder eine Schere hätte, um den Stoff zu zerschneiden.«

»Ich hab ein Messer, aber ich komme nicht ran«, sagte Mailin niedergeschlagen. »Es ist am Gürtel und befindet sich noch auf der anderen Zaunseite.«

»Na toll. Das ist ja eine echte Pechsträhne.« Julia hätte heulen können. Mailins Messer konnten sie also vergessen. Aber womit sollte sie dann die Jacke zerschneiden? Ohne Hoffnung, etwas Brauchbares zu finden, klopfte sie die Taschen ihrer Jacke ab – und stieß auf einen harten Gegenstand. Julia stutzte. Im ersten Moment hatte sie keine Ahnung, was sie in der Tasche haben könnte, doch dann fiel es ihr wieder ein. Das war Spikeys Hufkratzer. Eigentlich hatte sie ihn in den Putzkasten zurückbringen wollen, es in der Eile aber ganz vergessen. Sie zog ihn aus der Tasche und prüfte mit dem Daumen, ob der stählerne Haken scharf genug war, um den Stoff durchzutrennen. Das Ergebnis war alles andere als befriedigend: Der Hufkratzer war stumpf und dreckig. Doch etwas anderes hatte sie nicht zur Hand und Julia war entschlossen, es zu versuchen.

»Mailin!«, rief sie leise.

»Ja?«

»Ich hab Spikeys Hufkratzer gefunden. Vielleicht gelingt es mir damit, den Stoff zu zerschneiden. Wir machen es wie eben, wenn ich ›Los‹ sage, machst du dich sichtbar.«

»In Ordnung.«

Wieder beobachtete Julia die Kamera. Als der richtige Moment kam, rief sie: »Los!«, und lief zu Mailin. Den Hufkratzer einsatzbereit in der rechten Hand hockte sie sich an den Zaun und griff mit der linken nach der Jacke. Verbissen säbelte sie mit dem stumpfen Metall auf dem Stoff herum, zerrte und zog – und hatte tatsächlich Erfolg. Mit einem Ruck löste sich die Jacke von den Drähten. Mailin war frei. Weiße Daunen quollen aus den klaffenden Rissen in der Jacke, segelten durch die Luft und schwebten ringsherum zu Boden.

»So, jetzt ganz vor...« Julias Worte gingen in dem erneuten markerschütternden Kreischen der Alarmsirene unter. Erschrocken wandte sie den Kopf und sah geradewegs in die Linse der Kamera, die jetzt direkt auf die beiden Mädchen gerichtet war.

159

»Sie haben uns entdeckt! Wir müssen abhauen!«, rief sie und war mit einem Satz auf den Beinen. Ihre Hände ergriffen die des Elfenmädchens und halfen ihr unter dem Zaun hindurch, während auf dem Gelände der Gärtnerei aufgeregte Rufe und Hundegebell laut wurden.

»Nichts wie weg!«, rief Julia und wollte Mailin mit sich ziehen. Doch das Elfenmädchen befreite sich aus ihrem Griff und lief noch einmal zurück.

»Mailin, bist du wahnsinnig?« Mit angehaltenem Atem beobachtete Julia, wie ihre Freundin sich bückte, etwas vom Boden aufhob und schnell wieder zurückkehrte.

»Da ist eine!« Zwei Männer stürmten über das Gelände auf den Zaun zu. Einer deutete auf Mailin, während der andere etwas in sein Funkgerät sprach, von dem Julia nur das Wort »Hunde« verstand.

»Schnell, Mailin!« Julia konnte die Furcht und Anspannung nicht länger aushalten und stürmte in den Wald hinein. Wenn die Männer die Wachhunde losließen, hatten sie keine Chance.

Die Mädchen rannten um ihr Leben. In kopfloser Flucht hetzten sie durch den Wald, ohne auf die vielen Kratzer und Schnitte zu achten, die ihnen die Zweige und Büsche zufügten. Mailin war Julia bereits ein ganzes Stück voraus und der Abstand wurde immer größer. Manchmal konnte Julia das Elfenmädchen vor sich nicht mehr sehen. Julia versuchte schneller zu laufen, bekam jedoch nur furchtbares

160

Seitenstechen. Sie biss die Zähne zusammen und
presste eine Hand in die Taille – vergeblich. Das Seitenstechen wurde immer schlimmer. Julia rang um
Atem. Die kalte Luft brannte ihr in den Lungen. Sie
brauchte dringend eine Pause. Doch in diesem Augenblick ertönte hinter ihr lautes Kläffen, das sich
rasch näherte. Hunde! Ein eisiger Schrecken durch-
zuckte Julia. Die Angst, erwischt zu werden, ließ sie
alle Schmerzen vergessen und mobilisierte ihre letzten Kraftreserven.
Sie konnte Mailin längst nicht mehr sehen und stolperte wie blind durch das Unterholz. Vor ihren Augen tanzten bunte Punkte und eine Stimme flüsterte
ihr zu, dass sie es nicht schaffen würde.
In wenigen Sekunden würden die Hunde sie einholen und dann ...
»Gib mir deine Hand.« Wie aus dem Nichts tauchte
Gohin plötzlich neben ihr auf und Mailin streckte
ihr vom Sattel aus helfend die Hand entgegen. Ohne
zu überlegen griff Julia zu und schwang sich in einer
zirkusreifen Aktion hinter Mailin auf den Rücken
des Elfenpferds.
»Festhalten!«, rief Mailin und der Schimmel galoppierte los.
Julia hatte alle Mühe oben zu bleiben. Sie war fix und
fertig, bekam kaum Luft und ihre Beine zitterten.
Das heftige Auf und Ab jagte ihr schmerzhafte Stiche
durch den Körper und die bunten Punkte vor ihren
Augen wollten nicht verschwinden. Doch all das war

161

nebensächlich gemessen an der Erleichterung, die sie verspürte, als das Hundegebell hinter ihr zurückblieb. Jetzt würde alles gut werden!

Eine überraschende Entdeckung

Julia konnte Gohins Ausdauer nur bewundern. Unermüdlich preschte er durch den Wald, als spüre er das zusätzliche Gewicht der zweiten Reiterin nicht. Das Elfenpferd galoppierte, als wisse es genau, in welcher Bedrängnis sich die Mädchen befanden, und das ferne Kläffen der Hunde machte deutlich, dass sie noch nicht ganz außer Gefahr waren.
Langsam beruhigte sich Julia. Ihr Atem ging wieder gleichmäßig und die tanzenden Punkte verschwanden aus ihrem Gesichtsfeld. Nur das Seitenstechen erwies sich als hartnäckig und machte den scharfen Ritt zu einer schmerzhaften Angelegenheit.
Einmal wagte Julia einen Blick zurück und sah den Schein kräftiger Lampen durch den Wald huschen. Doch das Licht war schon weit entfernt und Julia war überzeugt, dass nicht einmal die Hunde das schnelle Pferd einholen konnten. Sie hatten es geschafft.
Auch Gohin schien das zu spüren. Er fiel in einen leichten Trab zurück und sein rhythmischer Huf-

schlag hallte einsam durch den nächtlichen Wald. Der sanfte Zweischlag hatte etwas Tröstliches, und Julia, die nun keine Mühe mehr hatte, sich den Bewegungen des Elfenpferdes anzupassen, schloss die Augen. In ihrem ganzen Leben war sie noch nie so erschöpft gewesen und sie war sicher, keinen einzigen Schritt mehr gehen zu können.

»Alles in Ordnung?« Mailin ließ Gohin langsamer werden und wandte sich an Julia. Die Hunde waren längst nicht mehr zu hören und auch sonst störte kein verdächtiges Geräusch die nächtliche Ruhe des Waldes.

»Geht schon wieder«, erwiderte Julia. »Wenn du nicht gekommen wärst ... Ich hätte keine zehn Meter mehr laufen können, ich war völlig fertig. Danke.«

»Wenn sich jemand bedanken muss, dann ich«, wandte Mailin ein. »Schließlich hast du mich unter dem Zaun herausgezogen. Ohne deine Hilfe würde ich jetzt noch dort festsitzen.«

»Dann sind wir ja quitt!« Julia lächelte, wurde aber gleich wieder ernst. »Nur schade, dass wir das Heilkraut nicht gefunden haben. So viel Ärger und Aufregung für nichts. Tut mir Leid, dass ich dir nicht ...«

»Moment«, unterbrach Mailin sie. »Wer sagt denn, dass alles vergeblich war? Nichts gefunden?« Sie drehte sich um und versuchte eine der Satteltaschen zu öffnen. »Rutsch mal ein Stück zu Seite«, bat sie Julia. »Ah, danke. Jetzt komm ich ran.« Sie griff unter der ledernen Lasche hindurch in die Tasche und

163

zog einen grünen Stängel hervor, an dem drei Blätter saßen. »Rate mal, was ich in den Glashäusern gefunden habe«, sagte sie grinsend und hielt Julia den Stängel unter die Nase.

»Das ist Cannabis!«, rief Julia überrascht aus.

»Balsariskraut.« Mailin nickte. »Das ganze Glashaus war randvoll damit. Ich konnte mir sogar von draußen einen großen Strauß pflücken. Dafür brauchte ich nur eine der Scheiben einzuschmeißen und ...«

»Dann hast du den Lärm gemacht, der die Sirene auslöste«, stellte Julia fest.

Mailin nickte erneut. »Damit habe ich allerdings nicht gerechnet«, gab sie zu. »Ich bin darüber so erschrocken, dass ich sofort losgelaufen bin. Dann kam dieser Mann mit dem Hund und ich hatte keine Zeit, die Jacke auszuziehen. Als ich durch das Loch kriechen wollte, steckte ich plötzlich fest.«

»Hat der Hund dich denn nicht gerochen?«

»Doch. Er hat sich wie wild gebärdet. Aber der Mann konnte mich nicht sehen und dachte, dass sein Hund ein Tier wittert. Er hat ihn weggezogen und woanders weitergesucht. Ich habe großes Glück gehabt, dass er den Hund nicht von der Leine gelassen hat, sonst hätten sie mich erwischt.«

»Das kannst du laut sagen. Ich hab mir solche Sorgen um dich gemacht. Wenn Gohin mich nicht zu dir geführt hätte, würdest du wahrscheinlich immer noch in dem Loch festsitzen.« Julia klopfte dem Elfenpferd anerkennend aufs Fell.

»Ja, das war toll.« Mailin wirkte richtig stolz. »Er weiß immer genau, was ich von ihm will. Ganz ohne Worte. Manchmal ist es, als könne er meine Gedanken lesen. Ich habe ganz fest daran gedacht, dass er dich suchen und zu mir bringen soll – und er hat es verstanden.«

»Megacool.« Julia hatte bisher immer gedacht, ein besonders inniges Verhältnis zu Pferden zu haben, aber was Mailin ihr da berichtete, war einfach unglaublich. »So was können wohl nur Elfenpferde«, meinte sie bedauernd und drehte die Cannabispflanze gedankenverloren in den Händen. »Dann hatte ich also doch Recht«, murmelte sie leise. »Wer einen so hohen Zaun baut und sein Grundstück von Wachleuten kontrollieren lässt, hat sicher etwas zu verbergen. Ich möchte wetten, dass niemand ahnt, dass dort Cannabis im großen Stil angebaut wird.«

»Und wenn schon«, sagte Mailin leichthin. »Hauptsache, ich habe das Heilmittel. Ob das, was die Männer da machen, erlaubt oder verboten ist, interessiert mich nicht.«

»Dich nicht, aber die Polizei.« Julia rieb sich das Kinn. »Ich bin sicher, dass sie keine Anbaugenehmigung dafür haben, sonst hätte bestimmt schon mal was darüber in der Zeitung gestanden.«

»Genehmigung? Zeitung?«, fragte Mailin verwirrt. »Ich verstehe nicht, warum du dir darüber den Kopf zerbrichst. Wir haben das Balsariskraut und sind nicht erwischt worden. Das ist doch das Wichtigste.«

165

»Das stimmt schon«, räumte Julia ein. Sie konnte gut nachempfinden, wie sich das Elfenmädchen jetzt fühlte, und freute sich mit ihr. Dennoch ging ihr die Gärtnerei nicht aus dem Kopf. Vermutlich war sie die Einzige, die wusste, dass dort illegal Cannabis angebaut wurde. Musste sie dann nicht die Polizei benachrichtigen?

»He, da vorn ist der Springgarten«, hörte sie Mailin sagen.

Julia schaute verwundert auf. Waren sie schon so lange geritten? Sie warf einen Blick auf die Armbanduhr und erschrak. Weit nach halb elf. Es wurde höchste Zeit, dass sie sich auf den Heimweg machte.

Doch nicht nur sie, auch Mailin hatte es eilig.

»Schade, dass ich nicht länger bleiben kann«, sagte das Elfenmädchen, als sie Gohin neben Julias Mountainbike anhalten ließ. »Aber das Heilmittel kann nur aus frischem Balsariskraut gewonnen werden. Je früher ich zurückkehre, desto besser.«

»Ist schon okay.« Julia saß ab und reichte Mailin die Hand. Obwohl ihr der Abschied schwer fiel, zwang sie sich zu einem Lächeln. »Vielleicht treffen wir uns einmal wieder. Jetzt weiß ich ja, dass es nicht unmöglich ist.«

Mailin ergriff Julias Hand und hielt sie fest. Ein trauriges Lächeln huschte über ihr Gesicht, als sie erklärte: »Unmöglich ist es nicht, aber auch nicht ganz einfach. Mächtige Zauber müssen gewoben werden, um die Tore zwischen den Welten zu öffnen, und du weißt, dass ich eigentlich nicht hierher kommen darf. Enid und ich bringen uns damit in große Gefahr. Deshalb würden wir es nie grundlos wagen.« Sie verstummte und dachte kurz nach. »Ich danke dir, Julia«, fuhr sie schließlich fort. »Ohne deine Hilfe wäre es mir nicht gelungen, das Balsariskraut zu finden.« Ohne Julias Hand loszulassen senkte Mailin den Kopf und legte die freie Hand in der traditionellen Art der Elfen auf die Brust. »Ich stehe tief in deiner Schuld«, erklärte sie feierlich.

»Ach, dass ich dir helfe, ist doch selbstverständlich.« Die ernsten Worte waren Julia peinlich. »Ich mache das gern. Außerdem liebe ich es, Abenteuer zu erleben.« … die gut ausgehen, fügte sie in Gedanken hinzu.

Sie löste ihre Hand aus Mailins Griff und das Elfenmädchen schwang sich von Gohins Rücken, um die geliehenen Kleidungsstücke auszuziehen.

»Na, die ist wohl hin«, stellte Julia fest, als Mailin ihr die zerfetzte Daunenjacke reichte.

»Das wollte ich nicht.« Das Elfenmädchen lächelte entschuldigend. »Leider besitze ich nichts, womit ich den Schaden ersetzen könnte.«

»Ist schon gut.« Julia rollte die Boots und die übrigen Kleidungsstücke in der Jacke ein und klemmte sich das Bündel unter den Arm. »War ohnehin nicht meine Lieblingsjacke. Irgendwie werde ich meiner Mutter schon erklären, warum sie kaputt ist.« Mit diesen Worten ging sie zu ihrem Mountainbike, verstaute den Packen auf dem Gepäckträger und schob das Rad zu Mailin. »Ich muss jetzt los«, sagte sie traurig und nahm ihren Reithelm vom Lenker. Überrascht stellte sie fest, dass er die ganze Zeit hier gehangen hatte, weil sie ihn in der Aufregung völlig vergessen hatte. »Besser, ich bin rechtzeitig daheim, falls meine Eltern früher nach Hause kommen.«

»Meine Wünsche begleiten dich«, erwiderte Mailin. Einer plötzlichen Eingebung folgend schloss sie die verdutzte Julia kurz, aber herzlich in die Arme und sagte: »Ich bin froh, eine Freundin wie dich gefunden zu haben«, bevor sie sich wieder in den Sattel schwang.

»Ich ..., ich finde es auch wunderbar, eine Elfenfreundin zu haben«, stammelte Julia und setzte schnell den Helm auf, weil sie das Gefühl hatte, irgendetwas tun zu müssen, um nicht vor Rührung loszuheulen. Sie stieg aufs Rad, räusperte sich verlegen und sagte: »Auf Wiedersehen, Mailin. Ich drücke dir fest die Daumen, dass Shadow wieder gesund wird.«

»Das wird er ganz sicher.« Mailin klopfte zufrieden auf die Satteltaschen und wendete Gohin. »Auf Wiedersehen, Julia.«

Das Elfenpferd trabte an und Mailin winkte ihr noch einmal zum Abschied zu, bevor sie in der Dunkelheit verschwand.

»Auf Wiedersehen«, murmelte Julia leise, doch da war Mailin schon nicht mehr zu sehen.

Der Weg mit dem Fahrrad zum Reiterhof und zurück hatte für Julia immer zwei Seiten: eine beschwerliche und eine erfreuliche. Die beschwerliche war der Hinweg, da Neu Horsterfelde in einer Senke lag und Julia sich stetig bergauf quälen musste. Dafür war der Rückweg dann umso schöner und dauerte nur die Hälfte der Zeit, weil es fast pausenlos bergab ging. So spät in der Nacht war Julia noch nie allein unterwegs gewesen und sie trat auch talwärts kräftig in die Pedale, um schnell nach Hause zu kommen. Autos waren zu dieser späten Stunde keine mehr unterwegs, und das war gut so, denn einmal musste Julia am Ende eines steilen Stückes ein gewagtes Ausweichmanöver fahren, weil ein Reh mitten auf der Straße stand. In Neu Horsterfelde lief ihr fast eine Katze vors Fahrrad, doch auch das ging nach einem gekonnten Schlenker glimpflich aus.

So kam es, dass Julia um Viertel nach elf erschöpft zu Hause ankam. Im Haus war es dunkel und auf der Auffahrt stand kein Wagen. Sie hatte Glück, ihre Eltern waren noch nicht zurück. Hastig schob Julia ihr Mountainbike auf die überdachte Terrasse und verstaute das Kleiderbündel hinter dem Kaminholzstapel. Dann eilte sie wieder zur Haustür. In Gedanken lag sie schon in ihrem wohlig warmen Bett, während sie in der Jackentasche nach dem Haustürschlüssel suchte ... und suchte ... und suchte.

Julia überlief es eiskalt. Wo um alles in der Welt war der Schlüssel? Erneut tastete sie alle Taschen ab, auch die Innentasche der Jacke und die Hosentaschen – nichts. Der Schlüssel blieb verschwunden. Julia bekam weiche Knie. Sie wusste genau, dass er noch da gewesen war, als sie Spikey zurück in die Box gebracht hatte. Also konnte sie ihn nur während des Ritts zur Gärtnerei oder danach verloren haben.

Hoffentlich liegt er nicht irgendwo am Zaun der Gärtnerei herum, dachte sie. Wenn die Wachleute ihn finden, wissen sie sofort, wer dort herumgeschnüffelt hat.

Ihre Mutter hatte nämlich darauf bestanden, dass sie ihren Namen und ihre Adresse auf einem Anhänger am Schlüsselbund vermerkte. »Dann bekommst du ihn jedenfalls zurück, wenn du ihn verlierst«, hatte sie gesagt. Die Bedenken von Julias Vater, der absolut dagegen war und behauptete, dann könne man die Türen ja gleich für die Einbrecher offen lassen, hatte sie mit einem Lachen verworfen. Sie vertraute darauf, dass ehrliche Leute die Fundsachen zu ihrem Besitzer zurückbrachten.

Das hab ich nun davon, dachte Julia und setzte sich niedergeschlagen auf die Stufe vor der Haustür. Bilder von Kriminalfilmen, in denen unerwünschte Zeugen von Verbrechern rücksichtslos zum Schweigen gebracht wurden, kamen ihr in den Sinn. Erpressung, Entführung und sogar Mord. Solche Kerle schreckten doch vor nichts zurück. Julia wurde ganz schlecht. Und ich Idiot hinterlasse ihnen auch noch meine Adresse, dachte sie. Was soll ich nur machen?

Heimkehr ins Elfenreich

»Das ging aber schnell.« Überrascht erhob sich Enid von ihrem Ruheplatz am Ufer des Teiches, wo sie sich niedergelassen hatte, um auf Mailins Rückkehr zu warten.

»Julia hat mir wieder sehr geholfen«, sagte Mailin, sprang vom Pferd und öffnete die Satteltasche. »Hier.« Aus den Tiefen der Tasche holte sie ein großes Bund grüner Pflanzen hervor. »Das ist doch Balsariskraut, oder?«

Enid trat näher, zog einen Stängel aus dem Bund und hielt ihn prüfend ins Mondlicht. »Ja, das ist es. Und gleich so viel. Damit kannst du mindestens drei Pferde kurieren.«

Mailin lachte und verstaute wieder vorsichtig die Pflanzen. »Das muss nicht sein«, sagte sie gut gelaunt. »Hauptsache, Shadow wird gesund.«

»Dann war es also richtig, dass du dem Mädchen beim letzten Mal nichts von dem Amnesiapulver gegeben hast, das die Erinnerung an dich auslöschen sollte«, sagte die Elfenpriesterin lächelnd und reichte Mailin den einzelnen Halm. »Manchmal zahlt es sich eben aus, ein Risiko einzugehen. Aber jetzt solltest du keine Zeit mehr verlieren. Je eher Shadow die Medizin bekommt, desto besser.«

»Bin schon unterwegs.« Plötzlich hatte Mailin es sehr eilig. Der Weg zum Hof war weit und der Sonnenaufgang rückte immer näher. Behände schwang sie sich in den Sattel und wollte schon losreiten, als ihr noch etwas einfiel. »Ich weiß gar nicht, wie ich Euch danken kann, ehrwürdige Enid«, sagte sie und deutete eine Verbeugung an. »Ohne Eure Hilfe wäre Shadow verloren.«

»Ich brauche keinen Dank«, erwiderte Enid. »Die Gewissheit, einen von Lavendras schändlichen Plänen durchkreuzt zu haben, ist mir Lohn genug.« Sie trat neben Gohin und ergriff Mailins Hand. »Du hast ein gutes Herz, Mailin. Es ist mir eine Ehre, dir behilflich zu sein«, sagte sie sanft. »Ich wünschte, es gäbe mehr Elfen, die so selbstlos handeln wie du. Doch jetzt beeil dich und rette das Leben von Prinz Liameels Fohlen.«

»Das werde ich!« Mailin schnalzte mit der Zunge und Gohin trabte an. Bald ging er in den Galopp über und jagte durch den nächtlichen Schweigewald. Die Lichtung mit dem Weiher blieb rasch hinter ihnen zurück. Der Wald flog an ihnen vorbei und Mailin genoss die milde Wärme der Sommernacht. Jetzt musste sie die Kräuter nur noch rechtzeitig zum Hof bringen, damit die Heilerinnen daraus die Medizin für Shadow bereiten konnten.

Als sie sich wenig später dem Waldrand näherten, fiel Gohin von selbst in den Trab zurück und bewegte sich schließlich nur noch im Schritt vorwärts. Mailin

172

sah sich aufmerksam nach allen Seiten um und betete inständig darum, nicht von den Wachen am Rande des Schweigewalds aufgehalten zu werden. Immer wieder hielt sie Gohin an, um zu lauschen, aber nichts deutete darauf hin, dass sich eine Patrouille in der Nähe befand. Als sie ganz sicher war, lenkte sie Gohin aus dem Schutz des Waldes auf die weite, grasbewachsenen Ebene hinaus und ließ ihn angaloppieren. Wie der Wind jagte er über die mondbeschienene Ebene, doch Mailin trieb ihn weiter an. »Schneller, Gohin!«, rief sie. Obwohl der Wind ihr die Worte von den Lippen riss, verstand das Elfenpferd sie und steigerte sein Tempo.

Mailin fasste die Zügel kurz, legte sie mit den hinteren Enden über den Widerrist und presste sie mit den Händen an, um nicht die Kontrolle über den Schimmel zu verlieren. Nie zuvor war sie so scharf geritten und obwohl sie Gohin vertraute, blieb doch eine winzige Unsicherheit.

In kürzester Zeit hatten sie die Ebene überquert. Ohne dass Mailin eingreifen musste, verlangsamte Gohin das Tempo und ritt im abgekürzten Galopp in den Wald hinein, in dessen Mitte der Hof des Elfenkönigs lag. Mailin gab in den Zügeln nach und entspannte sich. Ein Blick über die Schulter zeigte ihr, dass sich der Himmel im Osten noch nicht grau färbte, und ein heißes Glücksgefühl durchströmte sie. In wenigen Minuten würde sie den Hof erreichen und alles würde sich zum Guten wenden.

Wohlbehalten daheim

»Julia! Was um alles in der Welt machst du hier? Warum bist du nicht im Bett? Wie lange sitzt du hier schon? Es ist doch viel zu kalt.« Überstürzt verließ Anette Wiegand das Auto, warf die Beifahrertür ins Schloss und überschüttete ihre Tochter mit Fragen.

»Ich hab meinen Schlüssel verloren«, murmelte Julia schuldbewusst. Inzwischen hockte sie schon mehr als eine halbe Stunde auf der Stufe vor der Haustür und war total durchgefroren. Da half es auch nichts, dass sie sich den Kragen ihrer Jacke vor Mund und Nase gezogen und die Hände in die Jackenärmel gesteckt hatte. Umständlich erhob sie sich, um ihrem Vater Platz zu machen, der die Tür aufschließen wollte.

»Du kannst doch nicht hier in der Kälte sitzen.« Ihre Mutter war ernsthaft besorgt. »Warum bist du nicht zu den Nachbarn gegangen und hast dort gewartet, bis wir wiederkommen?«

»Da war schon alles dunkel.«

»Aber du hättest doch …«

»Vielleicht geht ihr erst einmal hinein«, unterbrach Martin Wiegand das Gespräch und winkte sie in den erleuchteten Flur herein. »Ich denke, wir besprechen das lieber im Haus.«

Fünf Minuten später saß Julia in dicke Decken

gehüllt und mit einer Wärmflasche im Arm auf dem Sessel im Wohnzimmer.

»So, und jetzt erzähl uns mal genau, was geschehen ist und wie das passieren konnte.« Anette Wiegand reichte ihrer Tochter eine dampfende Tasse mit heißem Hagebuttentee und setzte sich zu ihr.

»Ich – hatschi! Oh, Entschuldigung.« Julia stellte die Tasse ab und griff nach den Taschentüchern, die auf dem Tisch lagen. »Ich bin heute Mittag mit Svea ausgeritten«, berichtete sie nicht ganz wahrheitsgemäß, nachdem sie sich die Nase geputzt hatte. »Um halb sieben waren wir wieder auf dem Reiterhof. Danach bin ich noch mit zu ihr gefahren, um sie Vokabeln abzufragen. Ja, und als ich dann nach Hause wollte, konnte ich meinen Schlüssel nicht finden.«

»Warum bist du nicht bei Svea geblieben?«, wollte ihre Mutter wissen.

»Das ging nicht. Sveas Mutter liegt noch immer mit Grippe im Bett und ihr Vater kam gerade von einer Achtzehn-Stunden-Schicht nach Hause und wollte schlafen«, log Julia und versenkte den Blick in die Teetasse, damit ihre Eltern es nicht bemerkten.

»Und wie lange hast du vor der Tür gesessen?«, fragte ihr Vater, der gerade ins Wohnzimmer kam.

»Eine gute halbe Stunde.« Das war nicht einmal gelogen. »Ich hab Svea gesagt, dass ihr um elf wieder zu Hause seid.«

»Julia!« Auf der Stirn ihrer Mutter zeigte sich eine steile Falte. »Du willst mir doch nicht erzählen, dass du mitten in der Nacht – und ganz allein – von Svea bis hierher geradelt bist?«

»Aber ich musste nach Hause«, verteidigte sich Julia mit Unschuldsmiene. »Sonst hättet ihr euch bestimmt Sorgen gemacht.«

»Nun, das Kind ist ja wohlbehalten angekommen«, mischte sich ihr Vater ein. In seiner Stimme schwang dieser kriminalistische Ton mit, den Julia überhaupt nicht mochte. »Aber fragen wir uns doch mal, wo der Haustürschlüssel geblieben sein könnte.«

»Der ist mir bestimmt auf der Danauer Mühle aus der Tasche gefallen«, sagte Julia und nahm schnell einen großen Schluck Tee.

»Na, dann wirst du ihn sicher übermorgen bei der Reitstunde wiederbekommen«, meinte ihre Mutter und gähnte. »Es steht ja dein Name drauf.«

»Damit jeder Einbrecher auch schnell den Weg zu den Wiegands findet«, warf Julias Vater kopfschüttelnd ein. »Ich war von Anfang an dagegen, dass ...«

»Darf ich ins Bett gehen?«, fragte Julia mit kränklicher Stimme und hustete übertrieben, um dem Verhör zu entgehen. »Ich fühl mich nicht gut.«

Ihre Mutter warf einen Blick auf die Wanduhr. »Oh, es ist schon fast Mitternacht. Wir sollten alle schlafen gehen.« Sie stand auf und wuschelte Julia durchs Haar. »Dein Vater hat Recht. Du bist wohlbehalten nach Hause gekommen, und das ist das Wichtigste. Über alles andere sprechen wir morgen.«

Wenig später lag Julia mit der Wärmflasche in ihrem

Bett und versuchte einzuschlafen. Doch obwohl sie hundemüde war, wollte der Schlaf nicht kommen. Der Gedanke, dass Kriminelle womöglich im Besitz ihres Haustürschlüssels – und ihrer Adresse – waren, ließ ihr keine Ruhe. Immer wieder malte sie sich aus, was alles geschehen konnte, wenn man ihren Schlüsselbund an der Gärtnerei fand. Und bald war sie davon überzeugt, dass sie sich in höchster Gefahr befand. Das konnte böse enden. Nicht nur für sie, auch für ihre Eltern. Sie musste etwas unternehmen und den Ganoven zuvorkommen.

Julia schob die Decke zur Seite, schlüpfte aus dem Bett und schlich barfuß zur Tür. Nachdem sie in den Flur hinausgelauscht hatte, war sie überzeugt, dass ihre Eltern schliefen, und ging leise die Treppe hinunter. Sie tastete sich über den dunklen Flur zum Wohnzimmer, wo das Telefon normalerweise stand. Sie hatte Glück. Das Telefon befand sich tatsächlich dort, wo es hingehörte, auf der Ladestation. Julia schloss die Wohnzimmertür hinter sich, schnappte sich das Telefon und ließ sich seufzend in einen Sessel fallen. Schon war sie nicht mehr so sicher, das Richtige zu tun, und Zweifel machten sich breit. Was, wenn sie sich täuschte? Wenn in der Gärtnerei alles ganz legal war? Würden ihre Eltern dann für den unnötigen Polizeieinsatz bezahlen müssen?

Argwöhnisch betrachtete Julia das Telefon, als würden sich die Antworten auf ihre Fragen in dem kleinen Gerät verstecken. Sollte sie es wagen? Um Zeit zu gewinnen zog sie sich erst einmal die Kuscheldecke heran und wickelte sich darin ein. Im Wohnzimmer war es kalt und für heute hatte sie wirklich genug gefroren. Jetzt ruf schon an, drängte sie sich in Gedanken, doch ganz so einfach war das nicht. Das heißt, eigentlich war es ausgesprochen leicht, denn ihr Vater hatte die Nummer des Zwissauer Polizeireviers unter der Nummer zehn abgespeichert. Sie brauchte nur die Taste zu drücken und zu sagen, was sie sich zurechtgelegt hatte.

Langsam wanderte ihr Daumen in Richtung der Taste. Feigling, schalt sie sich in Gedanken. Feigling. Sie schloss die Augen, holte tief Luft und drückte die Taste. Das Freizeichen ertönte. Julias Herz raste.

»Polizeirevier Zwissau«, meldete sich eine männliche Stimme am anderen Ende der Leitung.

Julia gab sich einen Ruck. Jetzt oder nie. »Hier ist ... Ähm, meinen Namen möchte ich nicht sagen«, begann sie. »Aber ich möchte etwas Ungewöhnliches melden, das ich heute im Danauer Forst auf dem Gelände der alten Gärtnerei entdeckt habe ...«

Zu spät?

Die meisten Elfen am Hof des Königs schliefen tief und fest, als Mailin mit Gohin vor dem geschlossenen Tor anhielt.
»Wer da?«, rief die Wache von dem Wehrgang zu ihr hinunter.
»Mailin, königliche Pferdehüterin«, erwiderte sie. »Ich bringe die Medizin für Staja-Ame, die zu suchen der König mir aufgetragen hat.«
Mailin konnte hören, wie oben leise gesprochen wurde. »Bitte öffnet schnell«, drängte sie. »Ich habe nicht viel Zeit. Staja-Ames Leben hängt davon ab.«
»Komm herein!«, rief die Wache ihr zu und einer der beiden Torflügel schwang auf.
»Danke!« Mailin schnalzte mit der Zunge und Gohin trabte durch das Tor. Da sie nicht wusste, ob sie zu dieser nachtschlafenden Zeit im Palast Gehör finden würde, ritt sie direkt zu den Ställen, in denen Shadow untergebracht war. Ihre Hoffnung war, dort auf eine der Heilerinnen zu treffen, die sich um das Fohlen kümmerten.
Und wirklich, durch die Fenster des Stalls, in dem Aiofee und ihr krankes Fohlen untergebracht waren, schimmerte ein schwacher Lichtschein. Mailin stieg ab, band Gohin an einem Eisenring fest, nahm das

Balsariskraut aus der Satteltasche und stürmte in den Stall hinein.

Drinnen war es sehr ruhig. Eine bedrückende Stille, die nichts Gutes verhieß, lastete über allem. Mailins Herz krampfte sich zusammen. Oh Göttin, betete sie in Gedanken, lass es nicht zu spät sein!

»Mailin!« Fion hatte ihre Ankunft bemerkt und kam ihr durch die schwach erleuchtete Stallgasse entgegengelaufen. »Mailin, der Göttin sei Dank, dass du da bist«, sagte er leise. »Es ...«, er blickte niedergeschlagen zu Boden, »... es geht zu Ende.«

»Nein, Shadow! Nein!« Mailin hatte das Gefühl, ein eiserner Ring legte sich um ihre Brust. Das durfte nicht sein. Mit Tränen in den Augen drängte sie sich an Fion vorbei und rannte zu Aiofees großer Box am Ende der Stallgasse, in der sich auch Shadow befand. Am liebsten hätte sie das Fohlen in die Arme geschlossen und ihm zugeflüstert, dass alles gut werde, wenn es noch ein wenig durchhielt. Doch als sie die Elfen erkannte, die sich hier eingefunden hatten, um Abschied zu nehmen, hielt sie überrascht inne. Der König war da und auch die Königin. Sie hatte den Kopf des Fohlens auf ihre Knie gebettet, strich ihm sanft über die Nüstern und summte eine klagende Weise.

Auch Lavendra und zwei ihrer Priesterinnen waren anwesend, ebenso die beiden alten Pferdeheilerinnen des Hofes. Sie alle hatten nur Augen für das Fohlen. In ihren Blicken lagen Trauer und tiefer Kummer.

Nur Lavendras Gesichtsausdruck blieb unergründlich. Aiofee stand im hinteren Teil der Box und senkte immer wieder den Kopf, um ihr Fohlen liebevoll anzustupsen.

Ach, Shadow. Beim Anblick des kleinen Hengstes kamen Mailin erneut die Tränen. Wie dünn er war. Wie zerbrechlich. Sein Atem ging schwach und unregelmäßig und nur, wenn er von einem zuckenden Krampf geschüttelt wurde, konnte man erkennen, dass noch Leben in ihm war.

»Du kommst spät, Pferdehüterin«, säuselte Lavendra. Sie hob den Kopf und sah Mailin an. In ihren Augen glitzerte etwas, das wie Triumph aussah. »Er hat es bald überstanden, aber du kannst noch Abschied von ihm nehmen.« Ihre Lippen verzogen sich zu einem dünnen, unpassenden Lächeln. »Wir wissen, wie sehr du an ihm gehangen hast«, sagte sie in gespieltem Bedauern. »Es ist wirklich traurig, dass die Suche nach dem Heilmittel erfolglos verlief.«

»Aber ich habe es!«, rief Mailin und hob das dicke Bund Balsariskraut in die Höhe, damit es jeder sehen konnte. »Ich habe sogar jede Menge davon, genug, um drei Pferde zu heilen.«

Sie reichte das Bündel dem Elfenkönig, der es verwundert in Empfang nahm.

Im Stall war es totenstill. Lavendras Gesicht hatte alle Farbe verloren, doch das bemerkte niemand. Alle Blicke waren auf den König gerichtet, der das Bündel prüfend musterte.

»Das ist unglaublich«, verkündete er schließlich. »Ein Wunder.« Er strahlte Mailin an. »Es ist tatsächlich Balsariskraut. Wo hast du es gefunden?«

»Ich habe ..., ich bin ...«, stammelte Mailin und verstummte, weil sie nicht recht wusste, was sie darauf antworten sollte.

Die Königin erhob die Stimme. »Das ist jetzt nicht wichtig«, sagte sie leise. »Wir brauchen den Heiltrank, und zwar sofort.«

»Die Königin hat Recht.« Der König stand auf und reichte das Balsariskrautbündel den Pferdeheilerinnen, die sich ebenfalls erhoben hatten. »Weckt alle auf, die euch bei der Herstellung des Trankes behilflich sein können«, befahl er. »Wir brauchen den Trank, bevor die Sonne aufgeht.«

Ein Anruf, ein Brief und ...

»Julia.« Jemand fasste sie sanft an der Schulter.
Julia brummte etwas Unverständliches und hustete. Ihr Hals tat beim Atmen und Schlucken weh und durch die Nase bekam sie auch keine Luft. Außerdem war ihr heiß und sie hatte schrecklichen Durst.
»Du bist ja ganz fiebrig, Kind.«
Julia spürte die Hand ihrer Mutter auf der Stirn und öffnete blinzelnd die Augen. »Kann ich etwas zu trinken haben?«, fragte sie mit heiserer Stimme.
»Natürlich. Bleib im Bett, ich hole dir was.« Anette Wiegand erhob sich und ging aus dem Zimmer. »Und zur Schule kannst du auch nicht!«, rief sie Julia zu, während sie die Treppe hinunterging. »Schreibt ihr heute eine Arbeit?«
»Nein.« Julia hustete. Das unerledigte Referat über den griechischen Philosophen kam ihr in den Sinn und plötzlich fand sie es überhaupt nicht schlimm, das Bett hüten zu müssen.
»Das kommt davon, wenn man die halbe Nacht draußen hockt.« Julia hörte, wie ihre Mutter wieder die Treppe heraufkam. »Und dann noch bei der Kälte.« Mit einem Glas Vitaminsaft in den Händen kam sie durch die Tür und trat an Julias Bett. »Hier. Und Lutschbonbons gegen Halsschmerzen.« Sie legte ei-

ne bunte Tüte auf die Bettdecke. »Es ist nur schade, dass ich dich unnötig geweckt habe.«

»Schon gut.« Julia lächelte. »Ich bin noch ziemlich müde und schlaf bestimmt gleich wieder ein.« Sie reichte ihrer Mutter das Glas und kuschelte sich wieder in die Bettdecke.

Ihr Schlaf war unruhig. Ein ums andere Mal durchlebte sie im Traum die Ereignisse der vergangenen Nacht und immer ging es anders aus. Einmal wurden sie von den Wachleuten erwischt, dann von den Hunden angefallen. In einem anderen Traum standen die Verbrecher vor der Haustür und klingelten.

Dingdong, dingdong!

Julia fuhr aus dem Schlaf auf und horchte.

Dingdong!

Es läutete tatsächlich. Sie hörte, wie ihre Mutter die Tür öffnete und mit jemandem sprach. Julia wagte nicht zu atmen, so angespannt war sie. Das waren doch nicht ...

Endlich fiel die Tür wieder ins Schloss. Ihre Mutter kam die Treppe herauf und steckte vorsichtig den Kopf durch den Türspalt. »Oh! Schön, dass du wach bist«, sagte sie und kam ins Zimmer. »Hier ist Post für dich.« Sie wedelte mit einem Luftpostumschlag vor Julias Nase herum. »Aus Amerika.«

»Von Susanna?« Julia setzte sich auf und nahm den Brief an sich.

»Richtig.«

»Sie will mir bestimmt mitteilen, wie es mit Spikey

184

und mir weitergehen soll, wenn sie zurückkommt«, vermutete Julia düster, während sie den Brief aufriss. »Damit ich mich schon an den Gedanken gewöhnen kann, bald kein Pflegepony mehr zu haben.« Rasch überflog sie die Zeilen und dabei hellte sich ihre Miene immer mehr auf.

»Und?«, fragte die Mutter. »Was gibt es für Neuigkeiten?«

»... wollte ich dich fragen, ob du dich auch weiterhin um Spikey kümmerst, wenn ich im Anschluss an meinen USA-Aufenthalt noch ein Jahr nach Paris gehe...«, zitierte Julia auszugsweise den Inhalt des Briefs. »Juhu!« Sie strahlte ihre Mutter an.

»Und willst du?«

»Natürlich will ich! Das ist einfach megasupercool. Die beste Nachricht, die ich je erhalten habe.«

»Na dann, herzlichen Glückwunsch!« Anette Wiegand drückte ihre Tochter an sich. »Am besten, du schreibst ihr gleich zurück, wenn es dir wieder besser geht. Dann ist Susanna beruhigt.«

»Das mach ich. Und ich schreib ihr auch, dass sie sich anschließend noch in London, Amsterdam, Kopenhagen und Wien bewerben kann.« Julia ließ sich glücklich in die Kissen zurücksinken. Ihre Erkältung war nur noch halb so schlimm.

Trotzdem blieb sie den ganzen Vormittag im Bett. Sie schlief, hörte Musik, las und ruhte sich aus. Zum Mittagessen stand sie kurz auf, hatte aber keinen Hunger und verschwand bald wieder im Bett.

Am frühen Nachmittag klingelte das Telefon.

»Nein, sie ist krank«, hörte sie ihre Mutter unten im Flur sagen. »Ich sehe mal nach, ob sie schläft.«

»Ich bin wach!«

»Nein, sie ist wach«, wiederholte Anette Wiegand für den Anrufer, trat ins Zimmer und reichte Julia das Telefon. »Es ist Svea.«

»Hallo, Svea«, grüßte Julia und beobachtete aus dem Augenwinkel, ob ihre Mutter schon aus dem Zimmer war. »Was gibt es?«

»Julia, du errätst nie, wo mein Vater heute Nacht im Einsatz war.« Es war deutlich zu hören, wie aufgeregt Svea war.

»Wo denn?« Julia tat völlig ahnungslos. Dass sie eine ziemlich gute Vorstellung davon hatte, wo Sveas Vater gewesen sein könnte, behielt sie lieber für sich.

»In der alten Gärtnerei!« Svea erzählte ihr das, als sei es die absolute Sensation. »Stell dir vor, da wurden tatsächlich illegal Pflanzen angebaut, die unter das Betäubungsmittelgesetz fallen. Schlafmohn, Cannabis und so. Die ganzen Gewächshäuser waren voll davon.« Sie kicherte. »Kein Wunder, dass Filko gestern ausgerastet ist.«

»Echt Wahnsinn«, meinte Julia in gespielter Überraschung. »Dann kann ich meine Wette ja doch noch gewinnen.«

»Leider nicht«, sagte Svea. »Paps sagt, wenn die Spurensicherung fertig ist, wird alles restlos vernichtet. Solange darf da keiner hin.«

186

»Schade.« Julia seufzte und hustete. »Na egal, ich bin sowieso krank.«

»Aber ist das nicht irre?« Svea konnte sich gar nicht wieder einkriegen. »Wir reiten gestern dahin, weil du für die Schule Cannabis suchst, und in der Nacht findet die Polizei da jede Menge illegales Zeug. Übrigens sagt Paps, dass es einen anonymen Hinweis per Telefon gegeben habe.« Sie machte eine bedeutungsvolle Pause und fuhr dann fort: »Also, wenn ich es nicht besser wüsste, würde ich meinen, du hättest angerufen. Aber du konntest das ja nicht wissen.«

»Ich hoffe, du hast ihm nicht gesagt, dass wir bei der Gärtnerei waren.«

»Bist du wahnsinnig? Nee, das behalten wir lieber für uns, sonst kommen nur unangenehme Fragen.«

Die beiden unterhielten sich noch eine ganze Weile und Julia erfuhr einiges über den nächtlichen Einsatz. Als sie schließlich das Gespräch beendeten, fühlte sich Julia unendlich erleichtert. Die Polizei war ihrem Hinweis tatsächlich nachgegangen und hatte die Verbrecher gefasst. Besser hätte es nicht laufen können. Sie war rundum zufrieden.

Jetzt konnte sie sogar die Strafarbeit über den griechischen Philosophen nicht mehr schrecken. Eifrig kramte sie in ihrer Schultasche nach dem Matheheft und holte das Lexikon aus dem Regal. Das würde ein super Referat werden!

Das Wunder geschieht

Als der Himmel im Osten grau wurde, kamen die Heilerinnen zurück.

Mailin bemerkte, wie Lavendra ihnen mit finsterer Miene entgegenblickte. Die Mondpriesterin hatte versucht, vom König die Erlaubnis zu erhalten, den Heilerinnen zur Hand zu gehen, doch die Königin hatte darauf bestanden, dass sie im Stall blieb, falls sie dort gebraucht wurde. So musste Lavendra bei Shadow bleiben und nur Mailin schien aufzufallen, wie widerwillig sie es tat.

Das Fohlen hingegen klammerte sich in bewundernswerter Weise ans Leben. Sein ausgemergelter Körper schien alle Kraft verloren zu haben und die Krämpfe mussten ihm höllische Schmerzen bereiten, doch die kleine Pferdeseele kämpfte verzweifelt um jede Minute, als wisse sie, dass die Rettung nicht mehr lange auf sich warten ließ.

»Macht Platz!«, herrschte die oberste Pferdeheilerin die Umstehenden an, als sie die Box erreichte. Die Eile ließ ihre Stimme respektlos klingen, doch das nahm ihr niemand übel. Eilends traten alle beiseite und beobachteten gespannt, wie die Frauen versuchten, dem Fohlen die Medizin einzuflößen.

Doch alle Bemühungen waren vergebens. Shadow

war viel zu schwach zum Schlucken und sein Geist bereits so weit fort, dass ihn die beruhigenden Worte der Heilerinnen nicht mehr erreichten.

»Trink, Shadow«, flehte Mailin leise und presste die gefalteten Hände zusammen. »Oh bitte, trink!«

Aber nichts geschah. Der wertvolle Heiltrank rann wirkungslos aus Shadows Mundwinkeln und versickerte im Boden.

»Es ist zu spät«, hörte Mailin Fion neben sich murmeln und versetzte ihm einen heftigen Stoß mit dem Ellenbogen, damit er schwieg. »Er trinkt nicht!«, verteidigte sich Fion leise. »Wenn er nicht schluckt, kann die Medizin nicht wirken.«

Die oberste Pferdeheilerin wandte sich zum König um und schüttelte betrübt den Kopf.

Aus dem Augenwinkel sah Mailin, wie ein zufriedenes Lächeln über Lavendras Gesicht huschte, doch es verschwand so schnell, wie es gekommen war, und Sekunden später war ihre Miene wieder so ergründlich wie zuvor.

»Trink bitte!«, rief Mailin verzweifelt und bemerkte errötend, dass sie viel zu laut gewesen war. Alle schauten sie kopfschüttelnd an. Mailin wäre vor Scham am liebsten im Boden versunken, doch plötzlich, als hätten sie Mailins Worte aus einer Starre geweckt, trat Aiofee ganz dicht an ihr Fohlen heran, schnaubte und stupste es zärtlich an – und das Wunder geschah: Shadow trank.

»Ja! Jaaa!« Mailin war es jetzt gleichgültig, was die anderen von ihr dachten, weil sie ihre Freude einfach hinausschrie. Shadow trank. Das Fohlen nahm die Medizin nun so gierig zu sich, als wisse es, dass es damit überleben würde.

Die Königin seufzte erleichtert und der König legte glücklich den Arm um ihre Schultern. Shadow hatte das Schlimmste überstanden.

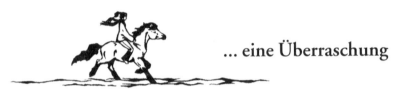

... eine Überraschung

Pock, pock, pock.

In einer milden Mainacht klopfte es wieder an Julias Fenster. Verschlafen stand sie auf, schob die Vorhänge zurück und blickte in die Äste des Apfelbaums hinaus – nichts.

Vorsichtig öffnete sie das Fenster und sah sich noch einmal um – wieder nichts.

»Mailin?« Julia wusste, dass es sehr unwahrscheinlich war, doch insgeheim hoffte sie, dass ihre Freundin sie noch einmal besuchen kam.

Niemand antwortete.

Dann hab ich wohl geträumt, dachte Julia enttäuscht und wollte das Fenster gerade wieder schließen, als ihr ein kleines helles Paket auffiel, das in den Zweigen des Apfelbaums hing. Sie streckte den Arm aus, angelte danach und holte es ins Zimmer. Das Paket

war in dünnes Leder gewickelt und mit einem Sisal-
band verschnürt. Neugierig machte sie Licht und be-
sah das Paket genauer.

»Für Julia« war mit krakeliger Schrift darauf zu lesen.
Hastig löste sie die Schnur und entfernte vorsichtig
das Leder. Zum Vorschein kam ein mattsilberner
Ring, der mit seltsam verschnörkelten Runen ver-
ziert war. Julia betrachtete ihn bewundernd von allen
Seiten und legte ihn auf das Leder.

Dabei fiel ihr auf, dass etwas auf die Innenseite des
Leders geschrieben war.

Dort stand :

Für Julia!

*Shadow wird gesund werden, und das haben wir dir zu
verdanken. Deshalb möchte ich dir etwas schenken,
das dir vielleicht einmal helfen kann.
Benötigst du meine Hilfe, so lege diesen Ring in eine
flache Wasserschale, sieh ihn an und denke fest an
mich. Wenn mein Gesicht im Wasser erscheint, weißt
du, dass ich dich gehört habe und zu dir komme,
sobald das Tor geöffnet ist.
Ich danke dir und wünsche dir alles Gute!*

Deine Freundin Mailin

Der Ring war von Mailin! Julia war gerührt. Und das
Fohlen würde gesund werden. Verstohlen wischte sie

sich eine Freudenträne von der Wange und probierte, ob der Ring ihr passte. Er war ziemlich groß und saß nur auf dem Mittelfinger einigermaßen fest, doch das war ihr egal. Sie war überglücklich. Julia schlüpfte unter ihre Bettdecke und lächelte. Nicht genug, dass sie Spikey noch ein Jahr reiten konnte, jetzt hatte sie außerdem einen echten Talisman, den sie niemals ablegen würde, und Mailin nannte sie ihre Freundin …

Anmerkung:

Hanf- oder auch Cannabisgewächse fallen in der Bundesrepublik Deutschland unter das Betäubungsmittelgesetz, da der Genuss von bestimmten Produkten, die aus dieser Pflanze hergestellt werden können, die Gesundheit des Konsumenten schädigen und zur Abhängigkeit führen kann. Der Anbau dieser Pflanze ist daher, bis auf wenige Ausnahmen, verboten.
Die heilende Wirkung des »Balsariskrauts«, die in diesem Buch beschrieben wird, ist frei erfunden und basiert nicht auf wissenschaftlichen Erkenntnissen.

Monika Felten